看图小儿保健

王海燕 李 健 编著

福建科学技术出版社

图书在版编目（CIP）数据

看图小儿保健/王海燕，李健编著．—福州：福建科
学技术出版社，2002.1
ISBN 7-5335-1906-X

Ⅰ．看… Ⅱ．①王…②李… Ⅲ．婴幼儿－妇幼保
健 Ⅳ．R174

中国版本图书馆 CIP 数据核字（2001）第 077169 号

书　　名	看图小儿保健
作　　者	王海燕　李健
出版发行	福建科学技术出版社（福州市东水路 76 号，邮编 350001）
经　　销	各地新华书店
排　　版	福建科学技术出版社照排室
印　　刷	福建地质印刷厂
开　　本	850 毫米×1168 毫米　1/32
印　　张	5
插　　页	2
字　　数	113 千字
版　　次	2002 年 1 月第 1 版
印　　次	2002 年 1 月第 1 次印刷
印　　数	1—5 000
书　　号	ISBN 7-5335-1906-X/R·411
定　　价	10.50 元

书中如有印装质量问题，可直接向本社调换

目录

一、迎接新生命诞生的准备

1.新生儿穿什么衣服舒适

婴儿的衣服,尤其是贴身的衣服一定要选用纯棉的。因化纤衣料吸水性差,不透气,有的对皮肤还有刺激作用,可引起湿疹样的过敏性皮肤病。而棉布质地柔软,吸水性强,又能透气,很适合婴儿使用。

衣服式样以开胸、结带子为宜(如和尚袍)。衣服应以清水洗净,阳光下晒干后穿。存放婴儿衣服,不宜用樟脑、卫生球等化学防虫剂。

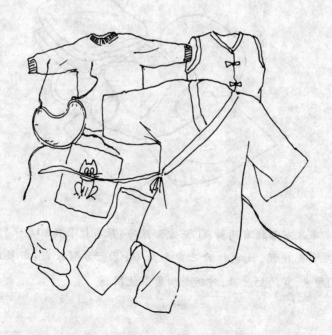

婴儿穿衣不宜"捂",应随着气温变化而增减。衣着适当时婴儿表现为嘴唇、指甲红润,手足温暖。如嘴唇、指甲发紫,手足发凉,则是穿少了;反之,若满头大汗,贴身衣服湿漉漉的,则可能是穿得太多了。

2.新生儿用什么样的尿布最合适

适合于新生儿用的尿布有以下几种:

(1)布尿布:是新生儿和婴儿最常用的保洁用品,应选用吸水性好、柔软、透气、浅色、耐洗的棉布制成的为好。可利用旧的床单、被里、棉毛衫、纱布等,要用纯棉的,不要用化纤的。使用前应洗净消毒。

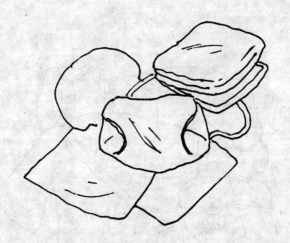

布尿布形状有两种:①正方形尿布:尿布边长为80厘米,多折成三角形使用,故也称为三角形尿布;②长方形尿布:布长100~120厘米,宽约35厘米,对折成细长条使用。

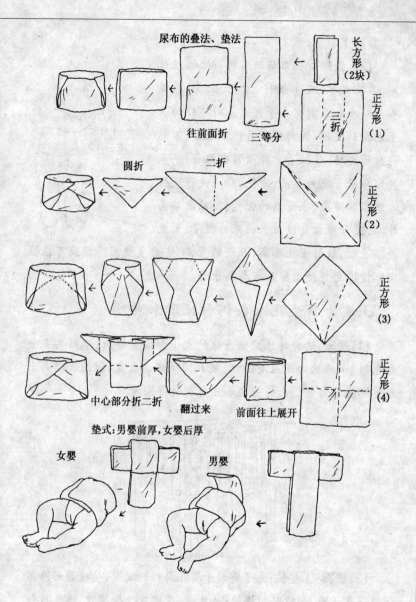

尿布的叠法、垫法

长方形
（2块）

正方形
（1）

三折

往前面折

三等分

圆折

二折

正方形
（2）

正方形
（3）

正方形
（4）

中心部分折二折

翻过来

前面往上展开

垫式：男婴前厚，女婴后厚

女婴

男婴

(2) 纸尿片：市场销售的一次性纸尿片，具有柔软、吸水性好、方便、卫生、尿液不易外渗和无需洗涤等优点，对学步的孩子也特别适用。因为纸尿片体积很小，不妨碍孩子走路，带孩子户外活动或旅行，纸尿片比布尿布更为实用、方便。缺点是透气性远比布尿布差，在较热的天气，因尿液不易外渗，父母难以发现孩子的尿片湿了，如更换不及时，红臀发生率高，且价格贵，不能重复使用。因此可根据实际情况交替使用布尿布与纸尿片。

3.该为新生儿准备何种床具和被褥

(1)睡床:选择睡床应注意床的大小和安全性能,以结实安全为原则。小床的四周应有围栏。栅栏间隔不能太宽,栏高度以高于床垫50厘米为宜。床的围栏和床角要做得圆滑。

(2)被褥:①垫被:为了有利于婴儿脊柱的发育,垫被最好选用稍硬一点儿的,如较旧的棉胎;②盖被:盖被应选择柔软、通气性强的新棉絮。盖被的厚薄可根据季节选择,夏季选用毛巾被、浴巾、小毛巾等。垫被和盖被最好用棉布做成的被套套上,以便于洗涤。

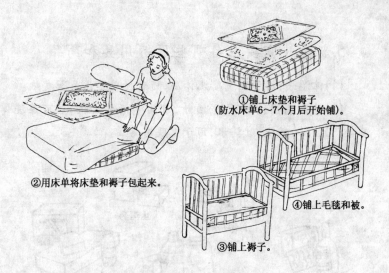

①铺上床垫和褥子
（防水床单6~7个月后开始铺）。

②用床单将床垫和褥子包起来。

④铺上毛毯和被。

③铺上褥子。

4.怎样为婴儿选择枕头

新生儿不用枕头，因为他们的脊柱是直的，平睡时背和后脑勺在同一平面上，不会造成肌肉紧绷状态而导致落枕。且新生儿的头大，几乎与肩同宽，侧睡也很自然。但是为了防止溢奶，可将新生儿上半身稍垫高一些。1~3个月的小婴儿可采用市场出售的或用泡后晒干的茶叶、绿豆衣、菊花等做枕心，枕头高2~3厘米，软硬适宜。3个月后，婴儿颈部脊柱向前弯曲，胸部脊柱逐渐向后弯曲，枕高应增加到3~4厘米，冬天可采用全棉的枕心、枕套和枕巾。

5.新生儿需要准备哪些医疗用具和药品

(1)体温表:用于测量婴儿体温,随时发现婴儿是否发热。

(2)外用消毒用品:75%酒精,可用于消毒皮肤,也可擦洗体温表。0.5%的碘伏、红药水,用于皮肤消毒。

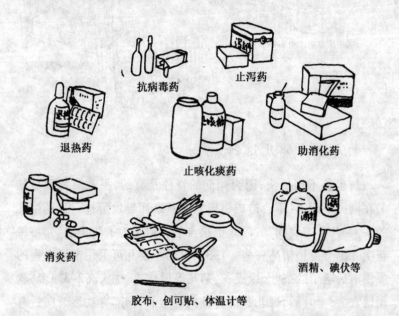

抗病毒药　　止泻药

退热药

止咳化痰药

助消化药

消炎药

胶布、创可贴、体温计等

酒精、碘伏等

(3)消毒纱布、棉花:可以包扎伤口。

(4)洁肤用品:婴儿有专用香皂、润肤油、扑粉等。婴儿专用香皂碱性低,对皮肤刺激小,忌用洗发精或洗澡液等。婴儿润肤油可涂在婴儿皮肤皱褶处以防汗水浸渍。婴儿扑粉,洗澡后可扑在皮肤皱褶处。

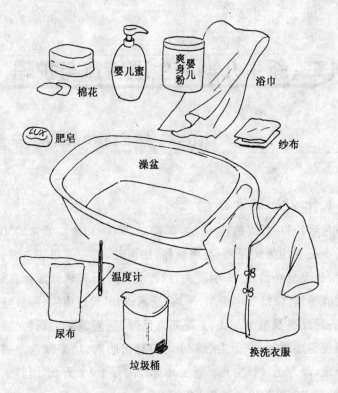

棉花　肥皂　婴儿蜜　爽身粉（婴儿粉）　浴巾　纱布　澡盆　尿布　温度计　垃圾桶　换洗衣服

(5)保暖用品：新生儿体温调节功能差，皮下脂肪薄，体表面积相对较大，体温常随外界气温的波动而变动，冬天不易保持正常体温，需要加用热水袋来保暖，但不可直接接触皮肤，以免烫伤。

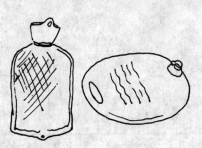

二、新生儿期的生理特点与护理

（一）新生儿的生理特点

1.什么是正常新生儿

凡胎龄37~42周的新生儿，体重在2500克以上（通常约3000克），身长平均为50厘米；哭声响亮；肤色红润，皮下脂肪丰满；毳毛少，头发分条清楚；头颅较大，约占全身1/4；耳软骨发育良好，耳轮清楚；乳腺结节>4毫米，平均7毫米；指甲长过指尖，四肢呈屈曲状；足纹遍及整个足底；男婴睾丸已降，阴囊皱裂形成；女婴大阴唇覆盖小阴唇；并于生后24小时内排出胎粪，呈墨绿色，3~4天内排完，即为正常新生儿。新生儿身长约等于4个头长，随着生长发育，人体的生长比例也在不断变化。

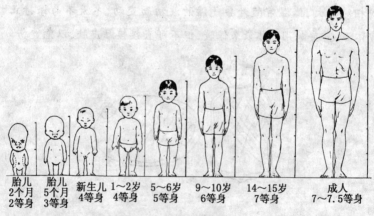

| 胎儿
2个月
2等身 | 胎儿
5个月
3等身 | 新生儿
4等身 | 1~2岁
4等身 | 5~6岁
5等身 | 9~10岁
6等身 | 14~15岁
7等身 | 成人
7~7.5等身 |

人体生长比例图

2.什么叫高危新生儿

高危新生儿是指母婴具有某些危险因素,已经发生或可能发生危重疾病的新生儿。有以下情况之一的属于高危儿。

(1)母亲妊娠期曾患病或吸烟等:母亲妊娠期曾患有各种疾病,如糖尿病、心脏病、肾脏病、感染性疾病等。妊娠期间有吸烟、吸毒、酗酒等。

吸毒

(2)母亲在妊娠期合并某些异常:如前置胎盘、胎盘早期剥离、羊膜早破、羊水胎粪污染、母亲有妊娠高血压综合征、先兆子痫、子痫等。

(3)药物对胎儿的影响:母亲妊娠期间服用过对胎儿有害的药物,分娩过程中使用镇静和止痛药物等。

(4)异常分娩史:各种难产、手术产如高位产钳、胎头吸引、臀位产、剖宫产等。

(5)**既往史**:母亲有流产、死胎、死产或分娩过异常胎儿史,有性传播疾病史等。

(6)**出生时异常**:出生时有窒息、脐带绕颈、早产儿(孕期不足37周)、低出生体重儿(出生时体重小于2500克)、巨大儿(出生时体重大于4000克)以及各种先天性严重畸形和疾病等。

由于高危新生儿容易发生危险甚至死亡,所以对有危险因素的新生儿,家长应仔细观察,细心养护,以便早期发现异常情况,及时送医院救治,以减少死亡的发生。

3.新生儿体温为何波动较大

新生儿体温调节中枢发育未完善,皮下脂肪薄,皮肤面积相对较大,他们的体表面积与体重的比例是成人的2倍以上,故容易散热。新生儿寒冷时无颤抖反应,而由棕色脂肪产热。如果环境温度低,而保温又不足,体温可降至36℃以下,引起硬肿症。同时由于新生儿汗腺发育不好,排汗功能较差,所以环境温度过高或包裹过多,又未给予足够的水分,可使体温高达40℃以上,易引起抽风。

4.新生儿为何呼吸不均匀

新生儿呼吸较浅表,节奏短促而不规则,呼吸频率40~60次/分,2周后逐渐稳定。其原因是:

(1)新生儿呼吸运动幅度很小,呼吸较浅表,主要靠膈肌的升降来实现呼吸运动,呈腹式呼吸。浅表的呼吸不能满足新生儿较高的代谢水平和对氧气的需要量,只能靠加快呼吸、增加每分钟呼吸次数来弥补其呼吸功能的不足。

(2)新生儿呼吸中枢发育不成熟,呼吸节律常常不规则,入睡时更为明显。虽然正常新生儿,其呼吸有深浅交替和速率快慢不等的现象,但不应有面色难看或发生青紫等现象。如果出现此现象,应立即到医院就诊。

5.什么是新生儿生理性黄疸

由于新生儿肝功能发育还不成熟,不能处理来自体内正常新陈代谢所破坏的红细胞产生的胆红素,以至于50%~60%足月儿和80%的早产儿于生后2~3天出现巩膜、面、颈、躯干和四肢皮肤不同程度的黄染,4~5天达到高峰,足月儿在2周内消退,早产儿可延长到3~4周。在黄疸期间,孩子的吃、睡、哭都正常,这种黄疸称为生理性黄疸,对孩子健康无影响,不必急于处理。

6.什么是新生儿脱水热

新生儿出生后2~3天,若喂奶、喂水量不足或环境温度太高可引起脱水,导致发热,重者体温可高达39℃以上,有烦躁不安、啼哭、口渴、少尿、前囟稍凹等表现,但其他情况良好,能吃奶,精神状态正常。多喂几次奶、葡萄糖水或温开水,体温可自然恢复。一般每2小时喂1次,每次10~20毫升,很快就可退烧。医学上称之为新生儿脱水热。

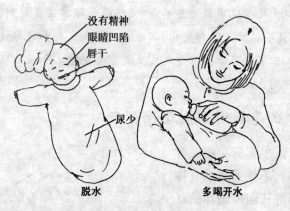

没有精神
眼睛凹陷
唇干
尿少

脱水　　　　　多喝开水

7.新生儿"马牙"是否要处理

新生儿在口腔牙龈边缘可长着芝麻大小、数量不等、高出牙龈表面的黄色小球球,看起来像乳牙,其实不是真正的牙齿;有的在上腭中央也有散在的黄白色、米粒大小的隆起,俗称为"马牙",医学上称为"上皮珠"。这是由于在胚胎发育过程中残留的上皮细胞堆积或粘液腺分泌物积留所致,属于正常现象,不需治疗,于出生后数周或数月可自行消失。切记不可用针挑破,或用未经消毒的东西去擦,以免损伤粘膜引起感染,造成败血症。

8.新生儿乳房肿大是否异常

有些新生儿(不论男女)出生后3~5天可见双侧或单侧乳房肿

胀、增大现象,小如蚕豆,大如鸽蛋,甚至有少量乳汁分泌,8~10天最明显, 大多在生后2~3个月自行消退。这是因为母亲的孕酮和催乳素通过胎盘至胎儿体内,出生后母体雌激素中断所致。这是一种正常的生理现象,不必做任何处理,均勿按摩、挤压肿大的乳房,以免引起化脓性乳腺炎,造成乳房红肿、热痛,甚至积脓,发生败血症。

9.女婴阴道出血是否有病

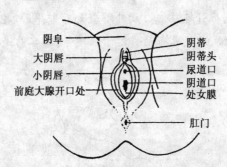

有的女婴于生后5~7天阴道会流出少量的血性分泌物或白色粘液,酷似"月经"、"白带",但这种现象是一次性的,经1~2天即消失。这种被称为假月经和假白带的现象也是一个生理过程。此因母亲雌激素在孕期进入胎儿体内,生后突然中断所致,一般不必处理。但如果阴道出血量大,持续时间长,或同时有皮肤粘膜等多处出血的,应去医院就诊,以排除出血性疾病的可能。

10.新生儿溢奶是否有病

大多数新生儿于喂奶后有少许奶水从口腔吐出或从口角边上流出，少数在喂奶后一段时间内因体位改变而吐奶，并含有乳凝块，医学上称为"溢奶"，通常为生理现象，不是病态。随着年龄的增长，溢奶逐渐好转，到了3个月时明显减轻，多在出生后6个月内自然消失。

(1)溢奶的主要原因：新生儿胃容量小，呈水平位，胃的入口贲门括约肌发育差，而出口的幽门括约肌发育较好，造成出口紧而入口松，奶水容易反流引起呕吐。遇到喂养不当，如吸空奶瓶，喂奶时奶头内未充满乳汁，奶瓶的奶头孔过大，喂奶时流速过急；或喂奶次数过多，量过大，也是造成溢奶的原因。喂奶前哭闹，可造成大量吞气而引起溢奶。此外刚喂奶后即平卧、抱着孩子来回摇晃、奶后洗澡，或换尿布动作过于强硬等，都容易造成溢奶。

(2)**预防的方法**：使用奶瓶喂奶时，奶头孔不要太大；母乳喂养时最好让婴儿躺在母亲怀里，母亲将示(食)指和中指分开，轻轻压住乳头，可以防止奶水流得太急，减少溢奶。

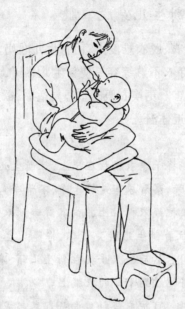

此外，喂奶后要轻轻抱起，使之伏在母亲肩上，轻拍其背部，让胃内气体排出，然后将其轻轻放下，使之头部稍抬高，置右侧卧位，这样可以减少溢奶的发生。但如生后2~3周溢奶越来越严重，呕吐量多且成喷射状，伴有奶块甚至有绿色胆汁时，应及时到医院诊治。

（二）新生儿的清洁护理

1.怎样为新生儿穿脱衣服

为新生儿穿衣、脱衣难度大,而新生儿吐奶、洗澡、排便等都需要换衣服,如穿衣不熟练容易使新生儿感冒,并可使新生儿娇嫩的身体受到伤害。更换衣服时室温要适中,欲穿的干净衣服也要预先加热至接近体温。

(1)脱衣服:

·脱连衣裤　将干净衣服放在床上,让新生儿仰卧在边上。解开新生儿衣服系带,察看尿布是否干净,不干净需立即更换。将新生儿的双腿提起,把连衣裤往上推向其背部到双肩部。母亲右手拉着袖口,左手拉着新生儿肘关节部,将婴儿左手臂从衣袖中拉出,右臂脱法相同。然后一只手托住新生儿颈、肩部,另一只手托住新生儿臀部,将他放到干净的衣服上。

·脱套头汗衫　可把衣服袖口向头部卷起成圈状,而后轻轻地把手臂拉出来,再把汗衫的领口张开,小心地通过他的头,以免擦伤脸部皮肤。

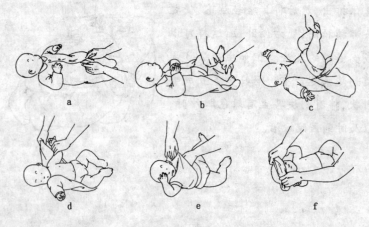

a　　　　　　　b　　　　　　　c

d　　　　　　　e　　　　　　　f

(2)穿衣服：

•**穿连衣裤** 把连衣裤展开,平放在床上,抱起新生儿并把他放在连衣裤上面。把右袖子卷成圈形,通过新生儿的拳头,母亲用一只手伸进衣服袖笼里,抓住新生儿手臂,另一只手拉住衣服前襟,将新生儿手臂拉出。两臂穿法相同。穿衣时应注意不要用力过度,避免发生牵拉肘。将新生儿的右腿伸进连衣裤底部,另一腿穿法相同。

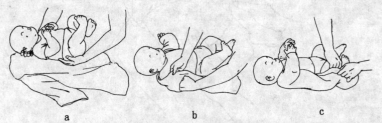

•**穿套头汗衫** 将新生儿的头部稍抬高，汗衫的颈部套过新生儿的头,把右衣袖口弄成圈卷,轻轻地将新生儿的手臂穿过去。两侧穿法相同。

2.如何为新生儿更换尿布

(1)棉尿布的更换：

•新生儿的尿布一旦湿了或沾了粪便应立即更换。将新生儿放在毛巾上,旁边准备好叠好的干净尿布。打开襁褓的下方,从下面拉开尿布,查看有无大便排出。如有,应用手把婴儿的双腿提起，用脏尿布干净处擦净会阴部及臀部，并往里折。

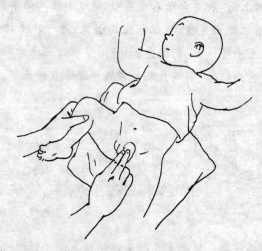

·用事先准备好的温水，先冲洗新生儿阴部，后洗其屁股，然后用毛巾揩干。如是小便，用湿毛巾擦一下屁股就可以了。而后涂上消毒的植物油，先涂擦新生儿会阴部、臀部，最后涂擦肛门（男婴一定要涂擦到睾丸下部及两侧）。一层薄薄的植物油对皮肤具有

较好的保护作用，可减少或避免皮肤被浸渍的现象。

·把准备好的一块正方形尿布折成三角形，另一块长方形尿布沿长轴对折两次，将尿布推到婴儿臀下，使尿布与其腰部的上缘平齐。

·提起婴儿双腿，把对折的尿布横折1/3后放在三角形尿布上面，厚的一侧男婴垫在前面，女婴垫在后面，将尿布盖在婴儿肚子

上,但不要碰到脐部,先折叠一边,然后再折叠另一边,覆盖着中央垫层。

· 最后用别针固定中间尿布。

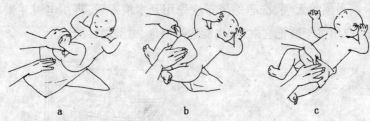

a   b   c

(2)一次性纸尿片更换方法:

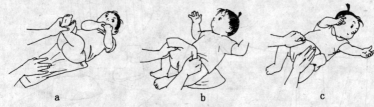

a   b   c

· 在为婴儿清洁后,将尿片展开铺平,粘侧朝上,提起婴儿双腿并把尿片推到臀下,使尿片上部与婴儿腰部平齐,但不要碰着脐部。

· 从婴儿双腿间拿起尿片正面,并将尿片两边弄平整后,包着婴儿肚子,整理尿片边角,并将它塞入尿片下面,使之包得平整。

· 将粘合带拉紧盖在前面使尿片固定。

3.尿布怎样清洗才干净、卫生

换下的尿布沾有大便,应将尿布上的大便先用竹片等物刮掉,冲洗干净,再用肥皂搓洗,最后用开水烫一下,以达到杀菌消毒的目的。洗尿布应该用热水,热水浸泡能将尿液充分

溶解,提高洗净度。

　　尿布洗净后,要放在阳光下曝晒晾干,可起到自然消毒的效果。遇阴雨天气,洗净的尿布应先用开水消毒后,再用电熨斗熨干,或用烘干器把它烘干,也能达到消毒、去湿之目的。

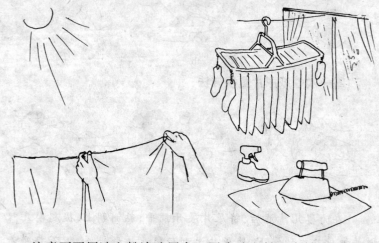

　　注意不要用洗衣粉清洗尿布,因为洗衣粉不容易漂洗干净,且对婴儿皮肤有较大的刺激作用,会损伤婴儿尚未发育完全的汗腺。

4.怎样给新生儿洗澡

　　由于新生儿生长发育得快,新陈代谢旺盛;又易吐奶,皮肤容易脏,因此应经常给新生儿洗澡。这样不仅可以使其皮肤清洁,而且还可以促进其血液循环和生长发育,并能增强其抵抗力,预防感冒。

洗澡的方法与步骤

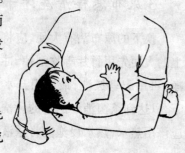

　　(1) 出生后第二天即可以洗澡,但注意不要弄湿脐部,脐带脱

落后才可以泡在水里洗澡，否则会引起脐部感染。

(2)洗澡的时间应安排在喂奶前1小时。喂奶后洗澡容易引起吐奶。为了使孩子不感到疲劳或不着凉，洗澡时间不宜过长，以10分钟左右最好。

(3)洗澡的室温宜控制在24~27℃。洗澡水温度为38~40℃。简单的测定方法是以大人手臂内侧放入水中不觉得烫就可以。

(4)洗澡应从脸、头、颈部开始，自上而下地洗，动作宜轻柔。

(5)洗澡时先洗脸，妈妈用左臂挟住小儿的身体先让他面朝上，左手托住婴儿的头，用左手拇指、中指将双侧耳廓折向前以堵住双耳孔，防止水流进耳道内。右手将毛巾蘸湿略挤干（不滴水），先从眼睛内侧往外侧揩拭，然后擦洗面颊、鼻孔，最后再洗头。

头面部洗完后再脱衣洗身体。洗上、下身时，要用左臂从新生儿背后托住其头及其腋下，右手托住其臀部，轻轻地将新生儿放入水中（脐带未脱落前不要放入水中），头颈部露出水面，要注意清洗皮肤皱褶处。

由于新生儿皮肤娇嫩，需要保留所有的天然油脂，因此孩子

出生后6周内可用清水清洗。洗澡完毕,应立即将孩子放在干浴巾上,用浴巾轻轻擦干,然后在孩子颈部、腋下和腹股沟涂少许爽身粉。如果孩子臀部红了,可以涂锌氧油膏。

5.如何清洁女婴外阴部

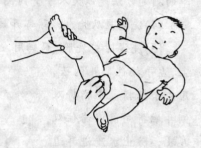

·用一块湿布或棉纱把尿渍擦拭干净。不要翻开女婴阴唇清洁里面,仅需清洁外部尿布区即可。

·提起婴儿的双腿,清洁其臀部。清洗时应小心地从女婴阴道后部朝肛门方向(由前向后)揩擦,以减少细菌传播的机会。

·如果尿布弄脏了,应先用脏尿布干净处尽量将婴儿臀部粪便擦干净,而后用棉球蘸上洗剂来清洁臀部,沿大腿和臀部内侧方向擦拭,棉球用过后应扔掉,每次都用新的棉球拭擦,然后洗手。

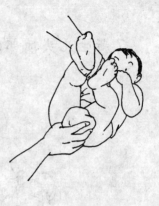

6.如何清洁男婴外阴部

·用一块湿布或棉纱把尿渍擦拭干净。不要把男婴的包皮往后拉起来清洁。只要沿大腿皱褶向阴茎方向清洗即可。提起婴儿的双腿,并用一个手指垫在婴儿两足跟之间,以防止其两足内踝互相摩擦。

·而后清洁其臀部直至干净。如果尿布脏了应立即更换,可先用尿布的干净部分尽可能地擦掉粪便。

·然后用棉球拭擦,棉球用完要扔掉,不能重复使用。擦后要洗手。

7.新生儿头顶部的一层厚痂应怎样护理

新生儿的头顶部常堆积一层厚薄不均的灰黄色的油腻状痂皮与鳞屑,俗称"胎垢",一般不痒,却很不容易洗掉。如果家长用手去硬剥头上的胎垢,可能会损伤皮肤引起感染。如果长期不清洗胎垢,则既不美观,又不卫生,还可能影响婴儿头发的生长,故应去掉。

·**方法**　可先用消毒后的植物油(加热冷却后的食用油)涂敷于婴儿头皮上,2小时后痂皮浸软,再用湿毛巾轻轻擦去痂皮,然后再用温水清洗,再涂抹维生素B_6软膏。

·**注意**　不要用肥皂、香皂清洗,因为这不仅洗不掉胎垢,反而会刺激婴儿皮肤。

8.新生儿眼睛、鼻子、口腔、耳朵如何护理

(1)眼睛的护理:新生儿应有专用的洗脸盆、毛巾或纱布等。每天用清洁的毛巾或纱布蘸温开水后拧干,从两侧眼睛内侧向外侧揩

拭,擦去眼睛的分泌物,以减少污物进入泪腺管的机会。如果发现眼结膜充血、眼睛分泌物增多,可用眼药水滴眼,必要时应看医生。

(2)**鼻腔的护理**:新生儿鼻腔较狭窄,鼻粘膜很嫩,血管丰富,稍有感染或遇冷,很容易引起粘膜充血、肿胀,加重鼻腔的狭窄而出现鼻塞。所以如果分泌物阻塞鼻腔,影响孩子的呼吸和吃奶,可用消毒棉签轻轻卷掉分泌物。若鼻腔分泌物已成硬块,可用消毒棉签蘸温开水软化硬块后,再用棉签卷出。

注意不要按住小儿硬挖鼻痂,以免损伤粘膜,造成出血。此外婴儿鼻塞时,没有医嘱,不要轻易用滴剂滴鼻子。

(3)**口腔的护理**:由于新生儿口腔粘膜娇嫩,血管丰富,唾液分泌少,粘膜较干燥,易受损伤。若口腔内有脏物时,可用消毒棉球蘸上温开水轻轻进行擦拭。忌用布类擦洗,以免损伤其粘膜造成严重感染。一般可在每次喂奶后喂两小勺温开水清洁口腔。

(4)**耳朵的护理**:耳朵是自我清洁的器官,不能让任何东西进入耳朵里。在给新生儿洗头时,应注意防止洗发水进入耳朵里,以免发生中耳炎。如耳内进入少量水,可让小儿耳朵朝

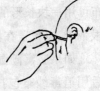

下,让水自动流出,也可用棉签轻卷擦干。不应用发夹、棉签、火柴棒给小孩挖耳朵,若不小心,可使耳膜损伤,甚至穿孔,引起听力下降或丧失。如耳屎太多而影响听力,应到医院耳鼻喉(五官)科请医生帮助解决。没有医嘱,不可随意用滴剂滴耳。

9.新生儿脐部如何护理

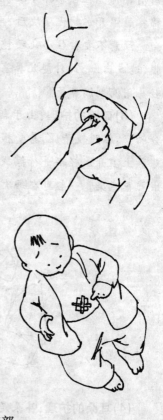

孩子出生时,脐带经医生消毒剪断结扎后,留一小段脐带残端,是一个创面。如果保护不好,细菌容易由残端侵入并繁殖,引起脐部发炎,甚至造成脐源性败血症,危及生命。脐带结扎后,一般3~7天就会干燥脱落。但在脐带脱落之前不可盆浴,脐带残端要保持清洁干燥,避免被洗澡水及尿弄湿,并应及时更换尿布或衬衣。

注意观察包扎脐带的纱布有无潮湿、渗血,倘若包扎脐带的纱布弄湿了,应及时用消毒纱布更换。此外,每日要用蘸有75%酒精的棉签或棉球从脐内向脐外周涂抹、消毒。要准备数条脐带布,以便经常换洗。脐带布可用一块长形的布条,两端缝上两根带子,以覆盖在消毒纱布上,保护脐部。

如果脐窝潮湿或有渗出物,可用双氧水或75%酒精清洗局部后用消毒纱布包扎。如果脐轮与脐周皮肤红肿甚至有脓性分泌物,应及时到医院诊治。

（三）新生儿的生活保健

1.怎样抱新生儿

新生儿出生后的一段时间里,脖子软绵绵的,挺不起来。妈妈欲抱新生儿时,一定要注意垂下的头。可试用下列方法抱起婴儿。

(1)抱起方法:用两手慢慢托起婴儿头部,右手伸过婴儿的颈部下托起头,左手从婴儿臀部伸向腰部安全支持婴儿的下半身。

(2)怀抱方法:一定要做到双臂怀抱。①抱起新生儿后,可将其靠在大人的身上,让其头枕在大人的右臂上,用大人的左前臂和手环绕新生儿,撑托着他的背部和臀部;②大人用前臂将新生儿紧靠着大人的上胸部,婴儿的头伏在大人的胸前,另一手托住新生儿的背部。

(3)放下方法:把新生儿放下时,要用整个手臂支托着新生儿的头、颈、背部,使其头部得到支持,直到他被放在婴儿的小床上。

2.新生儿每天要睡多长时间

在一昼夜中,新生儿的睡眠时间为18~20小时,这是由于新生儿大脑皮质的兴奋性低,很多外界刺激对新生儿而言都是过强的,因此新生儿非常容易疲劳,致使大脑皮质的兴奋性更加低下而进入睡眠状态。因此,新生儿期,除了吃奶、清洁、洗漱外,几乎所有时间都在睡眠。

3.新生儿睡觉什么姿势好

新生儿的睡觉姿势有3种:仰卧、俯卧和侧卧。通常认为仰卧和右侧卧比较好,因为仰卧没有压迫身体的内脏器官,有利于身体发育。右侧卧不会压迫心脏。有些学者认为婴儿的突然死亡,有的与其俯卧睡有关。其实,无论哪种睡姿,对身体的发育都没有多大影响。但是要注意新生儿睡觉姿势的卫生要求:一是有利于呼吸,防止发生意外,如因呕吐或枕头、被褥压盖造成窒息;二是防止头颅变形。

(1)防止睡觉呕吐:生后24小时内,为了使出生过程中吞入和吸入的羊水、粘液等顺体位流出,最好采取头低侧卧位睡,可在肩部垫块小毛巾,以防呕吐物吸入气管造成窒息。每次喂完奶后选择仰卧,头略向外侧,或侧卧位。不可俯卧,因为俯卧胃部受压会引起溢乳或窒息。

(2)防止头颅变形:新生儿颅骨较软,长期受压会变形。由于新生儿不会翻身,倘若固定一个方向睡,则会引起头颅变形。

4.新生儿睡眠不安怎么办

新生儿每日要睡20个小时左右，如因种种原因睡眠不好或睡眠时间不足，大脑得不到足够的休息，就会影响其精神、食欲，随之抵抗力下降，生长减慢。睡眠不安的常见原因有以下几个：

(1)环境因素： 室内温度过高，空气不流通，衣服包裹过紧，孩子可因太热而睡不安稳，当触摸孩子身上时，可感微汗或额头鼻尖有汗。此时如能减少衣被或松开包裹，更换衣服，孩子感到舒适后，就会自然入睡。如果孩子四肢冰冷，说明室内温度太低，孩子因寒冷而睡眠不安，可加盖被子，或用热水袋保暖。

(2)饥饿： 如母乳不足，孩子吃不饱也会影响睡眠，可补充一些婴儿奶粉让孩子吃饱，才能安稳入睡。

(3)尿湿： 大小便后尿布湿了，孩子感到不舒服，当及时更换尿布后会自然入睡。

如果睡眠不安还伴有发热、不吃奶等其他症状，应及时到医院诊治。

5.新生儿昼夜颠倒怎么办

几乎所有的婴儿都有日夜不分、昼夜颠倒的情形，白天睡得很好，晚上就来精神。在正常的情况下慢慢会调整过来。父母也可通过昼夜光线、声响的不同，帮助其调整生物钟，或减少夜间喂

养,避免夜间接触灯光。对大一点的婴儿,要适当控制白天睡觉时间,如白天婴儿欲睡觉时,要多跟他玩玩,或抱他到外面走走。

6.新生儿粪便有何特点

生后24小时内排出的粪便为胎粪,呈墨绿色,粘糊状,无臭味,是由胎儿期的胃肠分泌物、胆汁、咽下羊水中所含的胎儿皮脂等混合而成的。

生后2~3天排出的粪便是过渡便,为棕褐色,由胎粪与乳汁混合形成的,生后3~4天,胎粪完全排尽,变成黄色的正常大便。

母乳喂养的粪便为金黄色、软糊状,或有米粒样的小颗粒,味酸不臭。一般母乳喂养的新生儿比牛奶喂养的新生儿排便次数要多,每日1~4次。

人工喂养儿的粪便呈现淡黄色均匀硬膏样,较

正常便　过渡便　粘血???

干,有臭味,夹有乳凝块,每日排便1~2次。

如果发现新生儿排便次数增多,又有异常气味,便中出现粘液脓样物等,应去医院诊治。

7.什么叫生理性腹泻

这种腹泻常发生在出生后6个月内,较胖的婴儿,常伴有湿疹。每天排便的次数为几次至十几次,每次大便量不一定很多,其中含有少量水分,无腥味。在腹泻期间,小儿精神状态良好,食欲正常,体重也正常地增加,无发热、呕吐,粪便检查均属正常。这种腹泻叫做"生理性腹泻",无需治疗,在添加辅食后可以自愈。

8.新生儿不宜使用哪些药物

新生儿组织器官发育不成熟,肝脏解毒功能差,抵抗力低,容易生病,且对药物反应非常敏感,用药稍有不当就会产生严重的不良反应。根据新生儿的生理特点,用药时应注意以下几点:

(1)**退热药**:3个月以内的婴儿应慎用,因为退热药可以使婴儿出现虚脱。

(2)**氯霉素**:慎用。它可抑制骨髓造血功能,剂量若大于每千克体重100毫克时,往往出现腹胀、呕吐、呼吸不规则、进行性面色苍白、紫绀、循环衰竭等灰婴综合征

的表现。

(3)四环素族药物：忌用。此类药物可与磷酸形成稳定的螯合物，使牙齿变成棕黄色，牙釉质发育不良及龋齿。此外还较易沉积于骨骼组织，引起骨发育不良。个别孩子可引起囟门隆起等颅压增高的表现，一般为可逆性，停药后可消失。8岁以下儿童忌用。

(4)链霉素、庆大霉素、卡那霉素：可引起耳聋、肾脏损害或血尿，应慎用。

(5)磺胺类、新生霉素、维生素K_4和K_3、伯氨喹啉等：易引起新生儿黄疸，应慎用。

三、婴幼儿的生理特点

（一）小儿体格发育的衡量指标

1.婴幼儿的正常体重是多少，如何计算

体重是衡量小儿体格发育的最重要指标之一，也是反映小儿营养状态最易获得的灵敏指标。体重增长有两个高峰，年龄越小，体重增长速度越快，出生至6个月为第一高峰，青春期为第二高峰。3个月时体重平均为出生时的2倍（6千克）；1岁时体重平均为出生时的3倍（9千克）；2岁时体重平均为出生时的4倍（12千克）。体重的推算公式如下：

(1)1~6个月：体重(千克)=出生体重十月龄×0.7(千克)

(2)7~12个月：体重(千克)=6(千克)十月龄×0.5(千克)

(3)2~12岁：体重(千克)=年龄×2(千克)+7(或8)(千克)

应当注意，同年龄的小儿体重存在的个体差异一般可在上述标准的10%范围内波动。如体重增长过快，超过上述正常范围的20%以上，即为肥胖症；若体重增长缓慢，不增加，甚至下降，则应查找原因，看看是否有喂养不当或慢性疾病。当体重低于上述正常范围的15%时，则应考虑为营养不良。

2.婴幼儿的正常身高是多少,如何计算

小儿身长的增长是反映骨骼发育的一个重要指标。身高的增长规律与体重相似,年龄越小,增长越快。它有两个增长高峰,出现在婴儿期与青春期。

出生时平均身长为50厘米,前半年平均每月增长2.5厘米,后半年平均每月增长约1.5厘米,1岁时身长平均为75厘米,即全年共增长约25厘米。2岁时身长平均达85厘米,即第二年增长10厘米。2~12岁身高估算公式为:身高(厘米)=年龄×7(厘米)+70厘米。

影响身高的因素很多,如遗传、营养、疾病,身高低于同年龄平均身高30%以上者则为异常。

3.如何为小儿测量身高

测量小儿身高,不同年龄段有不同的测量方法。

0~3岁应量仰卧位的身长,最好使用标准的量床测量。在家中可采用如下简易的方法,用普通尺子测量:将一张桌子靠墙,让小儿脱掉帽子、外(厚)衣、外(厚)裤和鞋袜,仰卧在桌子上,头顶墙壁,两脚扶着伸直,脚趾向上,用一本书或硬纸板靠在婴儿脚掌上,使脚腕与书成直角,然后测出书或硬纸板与墙壁之间的距离,即为身长。

能独自站立的小儿身高可用刻有厘米的皮尺钉在墙上或门板上进行测量,让小儿脱去鞋帽,靠墙或门板站直,双足跟并拢,足尖分开,两

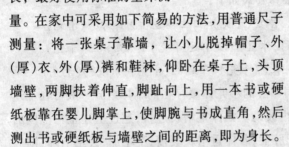

眼平视,枕部、足跟接触在量尺上,家长用硬纸板或书本接触小儿头顶使之与皮尺垂直,量尺上的读数即为身高。

4.小儿头围正常是多少,如何测量

头围的大小可反映小儿脑和颅骨的发育程度。新生儿头围平均为34厘米,6个月时42~44厘米,1岁时46厘米,2岁时48厘米,5岁时50厘米。头围过大,可见于佝偻病、脑积水、软骨发育不全等疾病;头围过小可能是小头畸形、脑发育不全或颅内出血后遗症(脑萎缩)等。

测量方法:用一根软尺自双眉弓上方最突出处经后脑勺最突出的一点绕头一周的读数。

5.婴儿何时出牙及出牙顺序

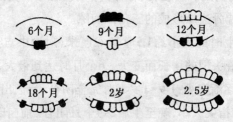

人的一生中要长2次牙齿,第一次出的叫乳牙,共有20个。大约6个月开始出牙,但可早至4个月,迟至10个月,2岁半乳牙出齐。出牙有一定的时间性、次序性,而且左右成对出牙。

2岁以下乳牙数的计数方法:乳牙数=年龄(月数)-(4~6)

婴儿出牙时会出现流涎增多、喜咬硬物、睡眠不安、低热等现象。此时可喂饼干、光饼、烤面包等。现在市场上已有专门为婴幼儿生产的磨牙饼,让婴儿咬这些东西,不仅卫生,还可以锻炼其咀嚼功能,减轻口腔不适,有利于牙床生长。有些家长认为出牙会发高热、腹泻、气喘,这是错误的,如有上述症状应立即就医。

6.婴儿囟门的正常大小是多少,何时闭合

　　囟门的大小、闭合的早晚,常可反映各颅骨的发育情况。此外通过观察前囟的高低、紧张与否,可协助判断颅内和全身情况。因此家长应重视这个"窗口"。

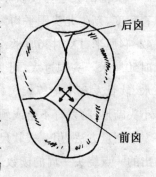

　　囟门有两个,前囟和后囟。在小婴儿头顶中央的前方"方寸之地",摸上去较软,有时能看到其随脉搏跳动的地方,叫做前囟。它是由两块额骨与两块顶骨边缘构成的菱形空间。此处只有头皮和脑膜,没有骨头。后囟位于前囟的后方,是由两块顶骨与枕骨边缘形成的三角形间隙。

　　前囟初生时的大小约1.5厘米×2厘米(对边中点连线),生后头几个月随着头围的增长而变大。6个月时达到最大,约2.5厘米×3厘米。随后逐渐变小,1岁~1岁半时完全闭合。后囟出生后有的已闭合,有的有指尖大小,晚至生后2~4个月闭合。前囟闭合过早,常见于小头畸形、脑萎缩;若闭合过晚,可见于佝偻病、先天性脑积水、甲状腺功能低下等疾病。

　　前囟门的高低、紧张与否,有助于判断颅内压的高低。如前囟隆起、饱满,摸之有紧绷感,提示有颅内压增高,常见于脑炎、脑膜炎、颅内出血等。有时服用四环素和维生素A中毒的患儿,也可见前囟隆起。前囟凹陷,最常见于腹泻、呕吐引起的脱水和重度营养不良的患儿。

7.婴幼儿每日睡眠时间要多少

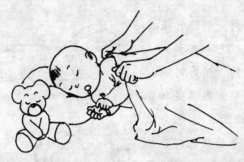

　　小儿的睡眠与营养一样重要,足够的睡眠是保证孩子健康发育的重要因素之一。

　　小儿的睡眠一般与年龄成反比,年龄越小,所需睡眠时间就越长。具体见下表:

年龄	睡眠时间	白天睡眠次数
初生~	20小时	3~4次
2个月~	16~18小时	3~4次
4个月~	15~16小时	2~3次
6个月~	14~15小时	2~3次
12个月~	13~14小时	1~2次
15个月~	13小时	1~2次
2岁~	12.5小时	1次(午睡)
3岁~	12小时	1次(午睡)
5岁~	11.5小时	1次(午睡)
7~13岁	9~10小时	1次(午睡)

（二）0~12个月小儿生长发育图

第一个月　俯卧时头抬起45°，动作无规律、不协调。

第二个月　俯卧时能抬起头部及下颏，眼睛随物体可转动90°以上，逗他会微笑。家长可悬挂颜色鲜艳的玩具，最好是红色，以促进婴儿视觉发育；尽量用微笑及语言与他沟通；多与其皮肤接触。

第三个月　俯卧时，头部能抬得比臀高；头随物体或声音可转动180°，发出牙牙学语声，笑出声音，会握稳手中物。

第四个月　抱起时，头抬得很稳，懂得将手放到眼前观察，大声地笑，仰卧位可转成侧卧位。家长多与婴儿玩游戏，可在婴儿视线内摆动沙沙作响的玩具，锻炼婴儿的对焦能力和听觉能力。

第五个月　扶腋下能站得直,两手可各握一玩具,会将东西放入嘴里,仰卧时可反转成俯卧,会因高兴而尖叫。

第六个月　完全会翻身,能独坐片刻,能认识熟人和生人,咿呀模仿声音。家长可用玩具吸引婴儿学习运用双手;用被子或毯子围着他,帮助其学习独坐,同时预防婴儿翻身跌倒或坐时歪倒。

第七个月　肚子触地式爬行,自己可独坐很久,能将玩具从一手换入另一手,会拿饼干吃,能发出"爸爸"、"妈妈"等简单的语音,但无意识,能听懂自己的名字。

第八个月　会爬行,会拍手,叫他的名字会回头,可重复大人所发出的简单言语。

第九个月　扶着东西可站立，会模仿他人的一些重复动作，能用拇指和示(食)指捏起小东西。家长可好好享受与孩子沟通的乐趣，并从中鼓励孩子去学习身边的一切事物，多与孩子玩简单的游戏，对他喜欢的声音和动作多作示范；可选择色彩鲜明、能活动、有响声、耐摔打的玩具给孩子玩。

第十个月　可扶着物体的边缘移动，对书和图画有兴趣，能做"再见"摇手动作，学发音、说单字。

第十一个月 能独立站片刻, 牵着一手可以走, 开始学习两个音的词, 能指出身体的某个部位。

第十二个月 能独立行走, 能叫出物品的名称, 对人和事物有爱憎之分, 能有意识地叫爸爸、妈妈。家长应多与孩子讲话、唱歌和笑, 培养他看图的兴趣; 多鼓励, 少责备, 赞赏和支持他所作的任何尝试; 对婴儿展示正面的情绪; 尽量让他认识新的事物。

（三）中国正常儿童体重、身高、头围衡量表

中国正常男童身高、体重、头围衡量表

年龄组	体重		身高		头围	
	X	SD	X	SD	X	SD
初生	3.21	0.37	50.2	1.7	33.9	1.2
1月～	4.90	0.61	56.5	2.3	37.8	1.2
2月～	6.02	0.73	60.1	2.4	39.6	1.3
3月～	6.74	0.77	62.4	2.4	40.8	1.3
4月～	7.36	0.80	64.5	2.4	42.0	1.2
5月～	7.79	0.83	66.3	2.3	42.8	1.2
6月～	8.39	0.94	68.6	2.6	43.9	1.3
8月～	9.00	0.98	71.3	2.6	45.0	1.3
10月～	9.44	1.04	73.8	2.7	45.7	1.3
12月～	9.87	1.04	76.5	2.8	46.3	1.3
15月～	10.38	1.12	79.2	2.9	46.8	1.3
18月～	10.88	1.14	81.6	3.2	47.4	1.3
21月～	11.42	1.23	84.4	3.2	47.8	1.3
2.0岁～	12.24	1.28	87.9	3.5	48.2	1.3
2.5岁～	13.13	1.34	91.7	3.7	48.8	1.3
3.0岁～	13.95	1.51	95.1	3.7	49.1	1.3
3.5岁～	14.75	1.58	98.5	3.9	49.6	1.2
4.0岁～	15.61	1.75	102.1	4.2	49.8	1.3
4.5岁～	16.49	1.84	105.3	4.3	50.1	1.3
5.0岁～	17.39	2.05	108.6	4.5	50.4	1.4
5.5岁～	18.30	2.13	111.6	4.5	50.6	1.3
6.0岁～	19.81	2.56	116.2	4.9	50.9	1.4
7.0岁～	21.98	3.05	122.5	5.13		
8.0岁～	23.82	3.36	126.8	5.33		
9.0岁～	26.36	4.31	132.2	5.78		
10.0岁～	28.81	4.50	136.6	5.92		
11.0岁～	32.08	5.25	142.3	6.59		
12.0岁～	35.47	6.46	147.2	7.05		

注：体重单位为千克,身高等长度单位为厘米。X指平均值,SD指标准差。

中国正常女童身高、体重、头围衡量表

年龄组	体重		身高		头围	
	X	SD	X	SD	X	SD
初生	3.12	0.34	49.6	1.6	33.5	1.3
1月～	4.60	0.56	55.6	2.2	37.1	1.2
2月～	5.54	0.66	58.8	2.3	38.6	1.2
3月～	6.22	0.70	61.1	2.1	39.8	1.2
4月～	6.78	0.75	63.1	2.3	40.9	1.2
5月～	7.24	0.79	64.8	2.2	41.8	1.2
6月～	7.78	0.89	67.0	2.5	42.8	1.2
8月～	8.36	0.93	69.7	2.5	43.8	1.3
10月～	8.80	0.97	72.3	2.6	44.5	1.2
12月～	9.24	1.03	75.1	2.7	45.2	1.3
15月～	9.78	1.05	77.9	3.0	45.8	1.3
18月～	10.33	1.09	80.4	3.0	46.2	1.2
21月～	10.87	1.15	83.1	3.1	46.7	1.2
2.0岁～	11.66	1.21	86.6	3.5	47.2	1.2
2.5岁～	12.55	1.32	90.3	3.6	47.7	1.2
3.0岁～	13.44	1.42	94.2	3.7	48.1	1.2
3.5岁～	14.26	1.47	97.3	3.8	48.5	1.3
4.0岁～	15.21	1.74	101.2	4.1	48.9	1.3
4.5岁～	16.12	1.84	104.5	4.2	49.2	1.3
5.0岁～	16.79	1.82	107.6	4.2	49.4	1.3
5.5岁～	17.72	2.17	110.8	4.6	49.6	1.3
6.0岁～	19.08	2.42	115.1	4.9	50.0	1.4
7.0岁～	21.00	3.06	121.1	5.17		
8.0岁～	23.18	3.34	126.3	5.62		
9.0岁～	25.78	4.12	131.8	5.99		
10.0岁～	28.76	4.64	137.9	6.75		
11.0岁～	32.70	5.66	144.1	6.95		
12.0岁～	37.18	6.19	150.0	6.59		

注:体重单位为千克,身高等长度单位为厘米。X指平均值,SD指标准差。

四、婴幼儿生活保健与护理

（一）三浴锻炼

1.怎么为婴幼儿做空气浴

让婴幼儿逐渐习惯于接触冷的新鲜空气,利用气温与人体表面温度之间的差异形成刺激,提高婴幼儿机体对外界环境的适应能力。

生后一个月,每月可抱至户外散步一次。生后2~3个月即可开始锻炼。最好从夏季开始,先室内后室外,先穿衣服,以后逐渐减少衣服到只穿短裤(气温不低于20~22℃),并保持活动状态。持续时间开始2~3分钟,以后逐渐增至2~3小时(夏季)。冬季可在室内结合游戏进行,室温不能低于15~16℃。先做好准备工作,即将小儿脱衣后用干毛巾搓擦其全身直至皮肤微红。若出现口唇发青、皮肤苍白等受冷表现,应立即停止。

2.怎么为婴幼儿做日光浴

日光中的紫外线可使人体皮肤中的7-去氢胆固醇转变为内源性维生素D,可预防佝偻病,还可使周围血管扩张,加快血液循环,增强心肺功能。

选择气温以24~26℃为宜，无大风时进行。可在树荫或凉棚下避风处进行日光浴。生后4个月开始，太小不宜。让小儿身穿短裤，头戴白帽，不要让阳光直射婴儿的眼睛。先晒其背部，再晒其躯干两侧，最后

晒其胸腹部。开始是每侧晒半分钟，以后逐渐每侧每次增加半分钟，每次日光浴时间一般为10~15分钟。注意不可空腹。

3.怎样为婴幼儿做水浴

水的传热能力比空气强30倍，水浴锻炼能增强机体体温调节以及抗击各种寒冷刺激的能力。

方法

(1)用冷水洗手、洗脸、洗脚：宜从夏季开始，冬季可视情况用温水洗。

(2)擦浴：适合于7~8个月以上的婴幼儿，一般在床上进行。用毛巾或海绵蘸冷水稍挤干后由四肢端向心性地擦，擦毕再用干毛巾擦至四肢变热为止。室温保持在18~20℃，水温开始时32~33℃，以后逐渐降至24~26℃。6个月以内的婴儿因其皮肤过于柔嫩，易致损伤，一般不主张进行擦浴。

冷水洗手　　　　　　　冷水洗脚

（二）婴儿体操

1.怎样为2~6个月婴儿做被动体操

第一节 胸部运动 让婴儿紧握大人的拇指,将婴儿的两臂分开,胸前交叉时放松。

第二节 上肢运动 两臂左右分开,掌心向上,向胸前平举,掌心相对。两臂上举,掌心向上。还原。共4拍,重复4次。

第三节 肘关节运动 两臂轮流弯曲,尽量使手触臂肩,伸直时放松。每侧2次,每次4拍。

第四节 肩关节运动 把婴儿左臂拉至胸前,左臂向胸前环绕1周,放松。右臂动作同此。每侧2次,每次4拍。

第五节　下肢运动　大人两手握住婴儿两腿踝部,使其两腿同时曲缩到腹部再同时伸直。共2拍,重复8次。

第六节　膝关节运动　使婴儿两腿轮流伸屈,腿曲缩时要用力,让其腿靠紧腹部,伸直时放松。每次一侧,每侧2次,每次4拍。

第七节　举腿运动　将婴儿的两腿上举与腹部呈直角。还原。共2拍。重复8次。

第八节　髋关节运动　使婴儿两腿轮流曲缩至腹部,向外侧环绕一周,伸直。每侧2次,每次4拍。

2.怎样为6个月至1岁多婴儿做主被动操

第一节　牵双臂坐起　让婴儿仰卧,紧握大人的两手拇指,把婴儿两臂拉向胸前,拉婴儿坐起,再躺下。共4拍,重复4次。

第二节　提单臂坐起　婴儿仰卧,大人一手握婴儿手腕,拇指放在婴儿的手心,一手按住其膝部,提婴儿使其用劲,支持其坐起来再躺下。每侧2次,每次4拍。

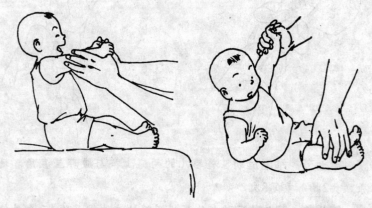

第三节　脊椎运动　仰卧,大人右手托住婴儿的腰部,左手按住其脚踝部,轻轻将其腰部抬起,然后放下。共2拍,重复8次。

第四节 后屈运动 让婴儿俯卧,大人两手握住婴儿两小腿,提起婴儿两小腿,使其腹部离开操作台后再放平。每次4拍,重复4次。

后屈运动

第五节 顿足运动 婴儿仰卧,大人两手握住婴儿两小腿,用手向下顿足。顿足时,使婴儿脚掌着地。

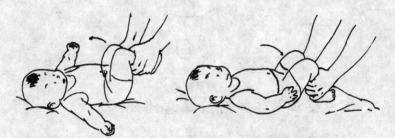

扶肘站立

第六节 扶肘站立 婴儿俯卧,大人握住婴儿两臂肘部,使婴儿自己从俯卧位跪立站起来,再跪立俯卧。每次4拍,重复4次。

第七节 腹部运动 婴儿直立,大人一手扶住婴儿双膝,一手扶住其腹部,使婴儿前倾拿玩具,再用劲直起来。每次4拍,重复4次。

腹部运动

第八节　跳跃运动　扶着婴儿腋下直立,使婴儿双脚离开桌面后再放下,动作要轻快自然。每次2拍,重复8次。

跳跃运动

3.为婴儿做体操时应注意什么

(1)室内温度应在25~30℃,婴儿光着身子或穿一件宽大柔软的小衫与尿裤。

(2)婴儿应放在铺着垫子的桌子、地板或榻榻米上。

(3)动作要轻柔,以防婴儿关节脱位。

(4)刚喂完奶或进食后30分钟内避免进行。

(5)宜选择婴儿情绪好的时候做婴儿体操。

(6)训练应循序渐进,不可操之过急。每次10~15分钟。

（三）其他生活保健

1.摇晃婴儿有何害处

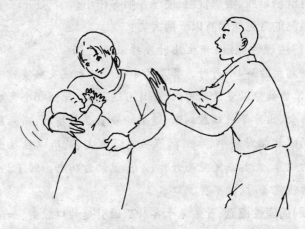

当婴儿哭闹时,有些父母常喜欢把婴儿抱起来或放在摇篮里摇晃,直到婴儿停止哭闹入睡为止。这种摇晃动作可能会无意识地引起婴儿脑部严重损伤,甚至造成死亡。

由于婴儿头颅与身体的比例较成人大,婴儿头颅的长度占身体长度的四分之一,而成人的头颅只占身长的七八分之一。而且婴儿的脑组织与颈部肌肉发育不成熟,无力控制头部,在来回的摇晃中,脑组织被颅骨撞击而受伤,使孩子智力迟钝或失去控制身体某一部分的能力。如果是控制视力的枕骨区的脑组织受伤,还能使视网膜内的毛细血管出血,或者使视网膜剥离,导致孩子永久失明。有些孩子由于脑部受损,可引起继发性癫痫。

2.婴儿流口水是怎么回事

婴儿流口水就是流涎、流唾液。唾液是由三对唾液腺(腮腺、

舌下腺及颌下腺)分泌的。唾液的分泌受中枢
神经系统的控制。它含有淀粉酶、溶菌酶等,起
着帮助消化、抑制细菌生长等重要作用。唾液
还具有清洁口腔、溶解食物、便于吞咽等作用。

流涎的常见原因有以下两大类:

(1)**生理性流涎**:新生儿时期唾液量分泌
很少, 到生后3~4个月时, 婴儿的中枢神经系统及唾液腺逐渐成
熟,因此唾液分泌量开始增加,每日可达200毫升;5~6个月后由于
增加辅食、出牙等对口腔刺激,造成唾液量显著增加,而此期婴儿
口腔的容积相对较小,吞咽调节功能还未完善,所以往往出现流
口水的现象,尤其在发笑高兴时,不应视此为病态。到了2~3岁后
吞咽功能完善时,就不会流口水了。

(2)**病理性流涎**:最常见于各种原因引起的口腔炎,如溃疡性
口腔炎、鹅口疮、急性扁桃体炎、急性咽炎、疱疹性咽峡炎等。由于
口腔炎症刺激,反射性地引起唾液分泌增多,而吞咽时疼痛,又不
愿咽下,所以出现流涎。当口腔炎症治愈后,流涎现象会逐渐消
失。持久的流涎见于先天性脑发育不全、脑炎或脑膜炎后遗症。

由于婴儿唾液呈酸性,含有一些消化酶,对皮肤有刺激作用,
常使口角周围、下颌、颈部皮肤被口水浸渍而引起发红、糜烂或形
成湿疹。因此要保持局部干燥,经常用温水清洗上述局部皮肤,并
涂抹护肤油脂,防止局部红肿、糜烂。

3.如何训练婴幼儿排便

好的习惯要从小养成。要让孩子养成讲卫生、爱清洁的习惯,
父母应从小开始对孩子的大小便进行训练。科学的训练方法将收
到事半功倍的效果。

出生后3个月的婴儿，排便次数减少，可逐渐训练定时大便。家长要先摸清孩子大便的规律，一般孩子在大便前可能会有面红、瞪眼、凝神等使劲的表情，这时父母应立即抱起他把便，同时发出"嗯嗯"的声音。每天在一定的时间、一定的场所进行训练，逐渐形成时间的条件反射，使孩子养成按时排便的好习惯。8个月后可开始训练坐痰盂大便。但每次训练时间不宜超过5分钟，以免使其产生对痰盂的恐惧心理。

训练定时大便

对婴儿进行排尿习惯的训练，实际上就是让孩子建立条件反射。这种习惯的训练，在婴儿满月后就可以开始进行。开始训练的时间可放在睡前、睡后和喂奶前后。

小便训练

家长抱起孩子，把他的双腿叉开，同时发出"嘘嘘"的声音，这是一种信号，即条件的刺激。开始时孩子可能会有哭闹、挺身等拒绝行为，经过反复训练，孩子就知道这种声音和这种姿势是要他小便了。8个月后可以开始训练孩子坐痰盂排尿。每次训练时间为3分钟左右。经过一段时间训练后，逐渐会养成良好的排尿习惯。一般到了2岁以后，就会自己控制小便。如训练得当，1岁左右即可表示要大小便。

4.怎样悬挂玩具能防止小儿斜视

由于婴儿视觉器官处于生长发育之中，因此如果此期悬挂玩具的位置不恰当，可导致斜视的发生。如果孩子经常盯着中间看，时间长了，双眼内侧的肌肉持续收缩就会出现内斜视，俗称"对眼"。相反，如果将玩具只挂在床栏一侧，或婴儿床的一侧是窗户，那么婴儿总是朝着这个方向看，长时间向一个方向看，也会发生斜视。

预防方法是将玩具悬挂在床栏的四周，经常变换玩具的位置。如果婴儿床的一侧是窗户，应该经常改变婴儿头的方向。此外，经常抱孩子隔窗远望或抱其到户外，多看些绿色植物，对婴儿的视力发育有好处。

5.婴儿为什么会哭闹

婴儿不会说话，常以不同的哭声表达他的要求、疼痛和疾病等。婴儿哭闹有生理性和病理性两种。生理性哭闹时婴儿哭声洪亮如常，精神、食欲、面色都正常。而病理性哭闹时哭声异于平常，时有突发性剧哭、尖叫，声音嘶哑，并呈惊恐状，婴儿往往有精神萎靡、面色苍白，还可有呕吐、便血症状，需到医院进一步诊治，以免贻误病情。

·生理性哭闹

(1)饥饿性哭闹:常发生于喂奶前1小时，这种哭声由小渐大，不急不缓,很有节奏,啼哭间隙常有吮指、啃拳动作，当母亲用手指或奶头触及其口角时,婴儿头部立即转向手指或奶头,口唇作吸吮动作,随即哭声停止。

生理性哭闹

(2)**闹觉**:婴儿双眼时闭时睁,低声吵闹不休,可将他放在舒适的床上,哼着催眠曲,轻轻拍背,孩子会很快入睡。

(3)**求抱性哭闹**:开始哭声缓和,断断续续,有时会关注父母的表情。如仍未被抱起时,则逐渐提高哭声,且变为持续性,当得到满足时,哭声立即停止。

(4)**被烫伤、烧伤、叮伤的哭闹**:婴儿会大声哭叫,但间歇时精神、食欲正常,照常玩耍。家长要仔细检查孩子的全身皮肤,以便及时发现其哭闹的原因。

(5)**冷热、湿痒**:过热、过冷或尿湿尿布,都会引起不适而哭闹。可用手抚摸婴儿的颈后,以测试他是否太冷或太热。

·**病理性哭闹**

(1)**鼻塞**:婴儿鼻粘膜血管丰富,鼻腔狭窄,所以轻微感冒就可引起鼻塞,因妨碍其呼吸和吃奶而引起哭闹。

病理性哭闹

(2)**口腔溃疡**:往往在喂奶或进食时哭闹,吃一口奶就哭几声或吵闹不休,拒绝吃奶。

(3)**急性喉炎**:如遇孩子声音嘶哑或犬吠样咳嗽,哭时带回音,应送孩子上医院诊治。

(4)**中耳炎**:发热、啼哭时不断摇头,或同时用手抓耳,牵拉其耳廓时哭声更大,这可能是患了中耳炎。

(5)**脑性尖叫**:突然高而带尖声哭叫,持续时间短暂,同时伴有前囟饱满和抽搐,面色苍白、发热等,提示有颅内出血、颅内感染的可能。

(6)肠套叠:表现为突然阵发性哭闹不安,哭时双膝向腹部屈曲,伴面色苍白、出汗,多有呕吐,间歇期安静如常,但数分钟后又重复上述哭声。

6.怎样教孩子刷牙

要使孩子有一副整齐、洁白、健康的牙齿,必须从孩子2~3岁开始就培养其早晚刷牙的习惯,尤其临睡前刷牙更为重要。因为刷牙可清除牙表面和牙缝里的食物残渣,还可按摩牙龈,促进其血液循环,增强牙齿的抵抗力。如果不刷牙,口腔里和牙缝中的食物残渣在细菌的作用下会变质,分泌酸性物质,腐蚀牙齿,造成龋齿。因此,教会孩子正确刷牙十分重要。

·**教孩子正确刷牙的方法** 先给孩子准备一把儿童保健牙刷,并教会孩子怎样拿牙刷。爸爸或妈妈与孩子一起刷,让他模仿成人刷牙的动作。先用温开水漱口,然后采用竖刷法,刷上牙时,要顺着牙面由上向下刷,刷下牙时要从下向上刷,前后左右、里外都刷遍。刷牙一般不少于3分钟。不应采用横刷法。因为横刷不但起不到清洁口腔的作用,反而容易磨损牙龈,引起牙周炎和牙龈出血等。

7.怎样为儿童选择牙刷

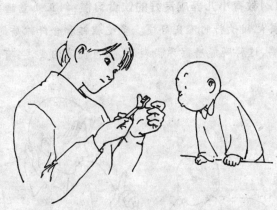

由于儿童口腔小、牙龈娇嫩,易损伤,因此从口腔卫生保健的角度讲,儿童牙刷应与成人的有别,需选择儿童保健牙刷。适用于3岁小儿的牙刷是:刷头小,刷毛柔软,刷毛末端钝圆,刷毛束排成2排,每排6~7束。这种牙刷包装上印有全国牙防组织的标志,选购时必须认清。此外应注意3个月左右更换一次牙刷。3岁儿童刷牙时易将牙膏咽下,或用牙膏时会产生恶心、呕吐等症状,可以先不用牙膏,等年龄稍大以后,再用。牙刷必须专用,每次用毕应甩干,刷头朝上放在牙杯里,并放在通风处,以免细菌繁殖。

8.怎样预防龋齿

预防龋齿的基本原则是针对发病原因,采取相应措施。具体方法包括以下几方面:

(1)注意口腔卫生:龋齿的发病与口腔卫生状况关系密切。保持口腔清洁是防龋的重要环节,教育儿童每日早起及睡前刷牙,饭后漱口,清除口腔中食物残渣和细菌,减少菌斑形成。学会正确的刷牙方法,要顺刷,即"上牙由上往下刷,下牙由下往上刷",把牙缝和各个牙面上的食物残渣刷洗干净,刷牙后要漱口。

(2)教育小儿养成良好的饮食习惯:纠正儿童睡前吃糖果点心或其他甜饮料的不良习惯。多吃粗糙和含纤维质的食物,应充分咀嚼,这样既能磨擦牙齿表面,又可使窝沟变浅,有利于减少窝沟龋。

(3)增强牙齿抗菌能力,应用氟化物:氟以氟化钙和氟磷灰石的形式存在于牙齿组织中,它们具有抗酸作用,能抑制乳酸杆菌生长。应用氟化物可增加牙齿中的氟素,改变釉质表面或表层结构,提高抗龋能力。常用的方法有用2%氟化钠溶液或75%氟化钠甘油涂于牙齿表面,防止有机酸对牙齿的腐蚀和损害,或用0.1%~0.2%氟化钠溶液饭后睡前漱口。每周或每2周1次,每次含漱1分钟,不得吞咽。在托儿机构、小学和中学中提倡饮水氟化法,即在公共饮水中加入一定量氟化物。

(4)开展宣传、普查工作:儿童保健工作者应积极开展卫生宣传,定期为小儿进行龋齿普查,争取早诊断、早治疗。

9.如何为不同年龄的儿童选择玩具

玩具是儿童生活中的伴侣,它伴随着孩子的成长,在玩中启迪孩子的智力。通过玩耍能促进儿童的语言、动作的发展和智能的发育,培养他们的注意力、观察力、想象力、手眼协调能力、动手能力,培养孩子们的互让、友爱精神。

选择玩具要根据儿童生长发育的特点、年龄、性别、爱好和性格来进行,一般按以下年龄段划分:

(1)出生到4个月龄:选择颜色鲜艳的、能发出声响的、可以摸的东西,如小娃娃、动物气球以及会发出响声的小响铃、风铃等。小孩喜欢用小手去捏,也会把东西往嘴里送,所以应选择体积稍大一些的玩具,以免发生被婴儿吞食的危险,同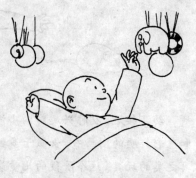时要注意玩具的颜料是否无毒,以及是否可以洗涤,以保持其清洁卫生。切不可把玩具挂在儿童头顶正中,而要挂在前面偏左或偏右的位置,并经常变换位置,以免发生歪头或斜视。

(2)5~10个月:小儿已能主动玩玩具,可选择一些会活动、有声音,如会哭叫的娃娃、带声音的小动物、可以抓在手里的摇铃或拨浪鼓等。婴儿往往喜欢将拿着的东西胡乱地摔摔打打,或者乱咬乱丢,因此必须注意玩具不能太硬太重,要

没有尖角、毛刺、缺口,以免婴儿弄伤自己。此外,还应留意玩具是否会发生断裂、零部件脱落等。

(3)1~2岁:1~2岁的幼儿喜欢研究周围的事物,对任何东西都很好奇。娃娃与动物玩具仍然是孩子们所欢迎的,但体积要大一些。当婴儿开始爬行时,适宜给他(她)稍微会滚动的玩具,或塑胶类动物玩具。例如,拖拉玩具、皮球、学步车等。

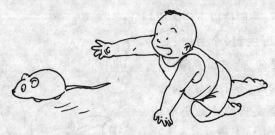

幼儿接近2岁时兴趣转向小汽车、小飞机、小铃、小桶等玩具和色彩鲜明的图画书。女孩子多数喜欢小桌椅、小床,锅呀盆呀炊具之类的玩具。这个阶段的儿童最喜欢将一样东西放进另一样东西里面,并且推着或拉着它到处走。因此有轮子的玩具、可以放东西的容器都会成为儿童心爱的玩具。

(4)2~3岁:此期是儿童最喜欢试验的年龄段,这时对于玩具的爱好比较趋向于技巧方面,对拼搭积木玩具、装拆玩具、会动的

东西,如动力汽车、电动火车、发火枪之类玩具及童车都兴趣浓厚。多数孩子也同时喜欢颜色笔和白纸,或者粉笔和小黑板,乱涂乱抹,以满足他们的"原始艺术本性"。

(5)3~4岁:这是模仿能力最强的时期。此期小儿富于幻想。他(她)想象自己是"大人",成人生活的一切都喜欢模仿,男孩子模仿士兵或汽车司机等等,所以多喜欢长枪、短枪、汽车、飞机、火车等玩具。女孩子则大多喜欢与家务有关的玩具如洗涤玩具、厨具、家具等等。也喜欢学做医生和护士,从而喜欢医疗玩具。此外还喜欢把娃娃当做同伴,替它穿衣、脱衣、换衣和喂食东西,就像她妈妈照料她自己或她弟弟妹妹一样。

(6)4~5岁：4~5岁的孩子比以前更活泼,喜欢骑三轮童车、小自行车等。喜欢做集体游戏,简单的游戏玩具对这一阶段的儿童开始不适宜了。

(7)5~6岁：孩子们开始阅读,游戏的方式趋向复杂,集体游戏在他(她)们的生活中是很重要的节目。手工玩具、绘画玩具、较高级的积木和装拆智力玩具也是适合的。这个时期的儿童多数都喜欢户外活动,所以对跳绳、球类、溜冰、公园内的翘翘板、秋千、滑梯、大型游戏机等大型玩具更感兴趣。

(8)7岁起：孩子进入小学,智力逐渐发展。初级的比赛性质的、动脑筋的玩具正好帮助他们发展智力。到此阶段,缝纫机玩具、洗衣机玩具、科教玩具也开始受孩子们欢迎了,而这些都有助于培养儿童对劳动与科学知识的兴趣。

(9)8岁：孩子对运动产生了极浓厚的兴趣,也可以接近乐器,如小钢琴、电子琴等音乐玩具。他们的创作欲也开始产生,各种智力模型玩具、电脑玩具、电子游戏机便开始进入他们的生活。

10.选择玩具时应注意哪些问题

首先应注意玩具的安全性。在现实生活中,玩具可能成为孩子们的隐形杀手,其安全性与可靠性常常被人们所忽视。家长给孩子购买玩具应尽量到正规商场去买,因为商场的商品有较好的质量保证,一旦发生质量纠纷能够得到及时处理。而集贸市场、地摊上的东西一般来说质量无保证,且安全性、卫生性较差。购买时,还要注意检查包装或者玩具本身是否有中文标识。现在我国有严格的玩具使用说明及标准要求,比如必须标明生产厂家名称、厂址、商标、使用年龄段、安全警示语、维护保养方法、标准号、产品合格证等等,涉及12项内容。这些标识对玩具的安全和质量也起到相当重要的作用。

不要给孩子选择玻璃制品或坚硬的薄塑料玩具。也不要选择带锐角、尖角的玩具。3~4岁以下儿童不能给予带太小附件的玩具,以免儿童将之误塞入耳、鼻中。

选购玩具时还应注意玩具的"耐玩性",所谓耐玩即除了色

彩、造型、构图安全外，最主要的是在功能上能多变，让孩子乐意玩，有兴致玩，能举一反三地玩，达到"一物多玩"、"一物多用"、"一物多效"。这不仅可以满足孩子好奇、好动、好学的特点，更能在促进幼儿脑细胞发展中起到难以估量的作用。许多种类学习的最适宜时期是在3岁前；许多种基本学习能力所需的刺激也是在3岁前尤为重要。孩子出生后，大脑神经细胞虽然不再增加，但细胞个体形状却会因外界的刺激不同而发生变化。外界的信息越强，则脑细胞发展越快。玩具在孩子生活的世界中提供了一个良好的外部环境，孩子在玩玩具的过程中，外界不断向其大脑提供有趣、有效的信息。通过孩子亲自参与、操作、摆弄玩具，能发展小孩的能力与智慧。单纯的玩具往往使小孩一眼看透，兴趣下降。现实生活中，我们可以发现，那些变化不大的玩具，虽然家长花钱买了来，却成为孩子玩后即丢弃的对象。因此不主张选择这类玩具。

五、预防接种

1.儿童须接种哪些疫苗

儿童普遍对许多种传染病缺乏免疫力,有计划地进行预防接种(计划免疫)是安全的措施。儿童各种疫苗预防接种的实施程序见下表:

儿童预防接种程序表

年龄	接种疫苗	预防疾病
出生时	卡介苗	结核病
	乙肝疫苗(第一次)	乙型肝炎
1月龄	乙肝疫苗(第二次)	乙型肝炎
2月龄	脊髓灰质炎疫苗(第一次)	脊髓灰质炎
3月龄	百白破三联疫苗(第一次)	百日咳、白喉、破伤风
	脊髓灰质炎疫苗(第二次)	脊髓灰质炎
4月龄	百白破三联疫苗(第二次)	百日咳、白喉、破伤风
	脊髓灰质炎疫苗(第三次)	脊髓灰质炎
5月龄	百白破三联疫苗(第三次)	百日咳、白喉、破伤风
6月龄	乙肝疫苗(第三次)	乙型肝炎
8月龄	麻疹疫苗	麻疹
1.5～2岁	百白破三联疫苗(加强)	百日咳、白喉、破伤风
4岁	脊髓灰质炎疫苗(加强)	脊髓灰质炎
7岁	麻疹疫苗(加强)	麻疹
	白破类毒素(加强)	白喉、破伤风

2.哪些孩子不能打预防针

(1)新生儿出现以下情况的宜推迟接种卡介苗,可在2个月内补种:早产儿、羊水吸入、出生时重度窒息、吸入性肺炎等。

(2)患感冒、发热、腹泻等疾病的儿童应暂缓预防接种, 以免加重病情,可待病愈后补种。

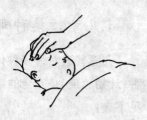

(3)患心脏病、急慢性肾脏病、急性传染病及其恢复期、活动性肺结核和有过敏史、过敏体质的儿童 (患哮喘、湿疹、荨麻疹的)均不宜预防接种。

(4)有癫痫和抽搐史、脑和神经系统发育不正常、脑炎后遗症的儿童,不能注射乙脑疫苗和百白破三联疫苗,以免引起抽搐,加重病情。

(5)有免疫缺陷的儿童,不能接种任何疫苗。

(6)如儿童已注射了丙种球蛋白,则需4星期后才能接种麻疹疫苗。

3.预防接种后会有哪些反应

预防接种后由于机体受疫苗的刺激,可能会出现一些正常反应,甚至某些异常反应,但总的来说,这与个人患传染病后所带来的痛苦和损失相比是极轻微的。常见的反应有以下几种:

(1)**局部反应**:注射局部明显红肿、硬结或疼痛,一般在注射后24小时出现,持续48小时以上。局部反应以接种卡介苗最为严重。局部出现红肿,以后化脓溃疡,3~5周结痂。个别溃疡过深,可出现同侧腋下或锁骨下淋巴结肿大,应给予热敷。若无效或出现脓肿,需到医院就诊。

（2）全身反应：一般在接种后24小时内发生，最常见的有发热，体温一般不超过38.5℃。还有全身不适、头痛、恶心、呕吐、腹痛、腹泻等症状，无需特殊治疗，适当休息，多饮开水即可恢复。如体温超过38.5℃以上，同时伴有精神不振的应及时到医院就诊。

（3）皮疹：麻疹疫苗、水痘疫苗、风疹疫苗等接种后一定时间内会出现不同特点的皮疹，一般无需治疗。

（4）晕厥：在注射中或注射后数分钟突然发生，轻者只有心慌、无力、恶心、手足发麻、面色苍白等，一般很快即可消失。重者可以突然失去知觉、呼吸减慢、瞳孔散大。多为空腹、疲劳、精神紧张、恐惧等引起。应立即请医生治疗。

少数儿童接种后会出现过敏性休克、过敏性皮炎等，也应及时请医生处理。

4.预防接种的小儿应注意的问题

（1）局部皮肤护理。接种前一天应洗澡，尤其应注意注射部位皮肤的清洁，可以减少局部感染的发生。接种后应保持接种部位的干燥。

(2)预防接种后家长应严密观察有无接种反应发生。如有发热、纳差等,可喂些温开水,进食流质,适当休息等。

(3)如反应较重,应及时送医院就诊。

六、小儿疾病的护理与用药常识

1.怎样为婴幼儿测量脉搏

·**测量脉搏的方法**　示指、中指、无名指三指并拢,用指端压在小儿手腕外侧的桡动脉或颞动脉上,按压轻重以能清楚地摸到脉搏跳动为宜,按压时间以1分钟为计算单位。检查脉搏时要注意脉搏的频率(每分钟跳动次数)、节律(脉搏跳动是否整齐规律)、脉搏的强弱。

正常脉搏次数见下表。由于影响儿童脉搏的因素很多:如体温、玩耍、哭叫、疼痛、紧张等均可增加脉搏次数。一般体温每升高1℃,脉搏可加快10~15次,而睡眠时脉搏减少15~20次。

·**测量脉搏的注意事项**　①测量脉搏时,一定要在小儿安静或睡眠状态下进行,烦躁或运动后应先休息20分钟再测量;②测量者不要用拇指给儿童摸脉,否则易将自己的脉搏误认为是小儿的脉搏。

2.怎样为婴幼儿测量呼吸

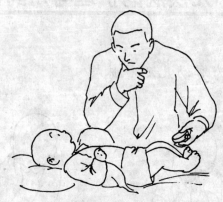

·**测量方法** 应在小儿安静或睡眠状态下进行，烦躁或运动后应先休息20分钟后再测量。测量者坐于其侧方，眼睛平视胸腹部，数其胸腹部起伏次数。一吸一呼为一次,1分钟为计算单位,检查时要注意呼吸的频率(每分钟呼吸的次数)、节律(每分钟呼吸次数是否整齐规则),以及深浅、有无呼吸困难等。

·**正常呼吸次数** 年龄越小呼吸越快。婴幼儿呼吸、脉搏正常值见下表。

婴幼儿呼吸、脉搏正常值

年龄	呼吸次数(次/分)	脉搏(次/分)	呼吸：脉搏
新生儿	40～45	120～140	1：3
1岁以下	30～40	110～130	1：(3～4)
2～3岁	25～30	100～120	1：(3～4)
4～7岁	20～25	80～100	1：4

3.怎样为孩子测试体温

测试小儿体温的方法有以下几种：口腔测温法、腋下测温法、颈部测温法、肛门内测温法。

(1)口腔测温法：即将体温表水银端放于小孩舌下，使之紧闭口唇或用手握住体温表，3分钟后查看。此法适用于神志清楚、年龄大于6岁的儿童。因一旦咬破体温表可造成意外伤害，故年龄小的婴幼儿一般不采用口腔测温法。

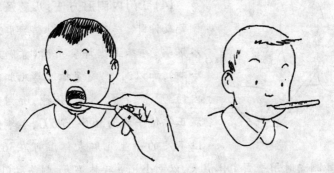

(2)腋下测温方法：解松婴儿衣服，露出腋窝，把体温表水银端放在腋窝中央，让其同侧手臂靠躯干夹紧体温表，将体温表固定，持续测温5分钟，所测得温度一般比口表所测略低(低0.3℃)。本方法安全、方便、简单易行，是较为常用的方法。

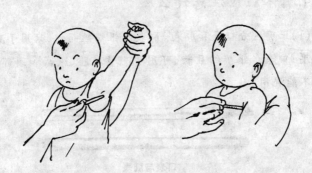

(3)颈部测温方法:即将体温表水银端横放于颈部皮肤皱褶处,调整头部位置,夹住固定体温表,至少测温5分钟,能测10分钟更好。颈部测温不易固定,受气温高低影响也较大,准确性比腋下测温更差。所测温度较低,较口腔测温低0.5~0.7℃,寒冷季节更低。一般只用于新生儿等。

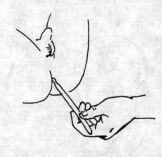

(4)肛门内测温方法:儿童屈膝侧卧或仰卧。先用酒精棉球消毒肛表水银端,再抹上少许食用油(煮沸后冷却),加以润滑,缓缓插入婴儿肛门内约3厘米,持续测温3分钟,所测体温正常值平均为36.5~37.5℃,冬季体温不足的新生儿肛表体温可在36℃左右。测量时用手固定体温表,以免小儿弄碎体温表,刺伤肛门。

·**看体温表的方法**　用右手拇指和示指横持体温表的尾端(没有水银的一端),缓缓转动,取水平线仔细看清,体温表里面水银柱顶端所示的温度刻度就是所测体温。

4.测体温应注意什么

(1)正确区分口表和肛表。肛表水银端短而粗,只用于测量肛门温度;口表水银端细且长,可用于测量口腔、腋窝和颈部温度。两者不能混用。

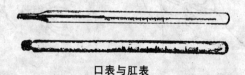

口表与肛表

(2)体温表使用前应消毒,一般放在0.1%的新洁尔灭或75%酒精中浸泡半小时。使用后也应消毒。测量前应检查体温表水银柱是否在35℃以下,体温表有无破损等。

(3)测量体温前半小时应避免进食、喝热饮、过度哭闹、运动。因为这些情况可使体温暂时升高,而被误认为是低热。

(4)若小儿高热,则应在降温处理后半小时、1小时、2小时各测量体温一次。

5.怎样为高热孩子做物理降温

高热可导致小儿脑缺氧和惊厥。因此当体温超过39℃时就应该采取降温措施。除药物降温外,家中能做到的就是物理降温,通常有以下几种方法。

(1)冰袋冷敷法:将冰块砸碎,放入盆中,用水冲去锐角后,装入橡皮手套、热水袋或普通塑料袋中至半满或2/3满,排出袋内空气后,拧紧袋口,外包毛巾,敷于小儿的前额及双侧颈部、腹股沟、腋下和腘窝(膝关节后面)。

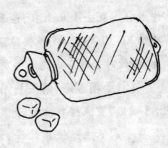

(2)冷水湿敷:用冷水浸湿毛巾或纱布后敷于上述部位,每3~5分钟换一次。连续湿敷15~20分钟。

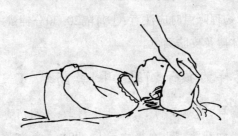

(3)**温水擦浴**：用36℃温水一盆，将两条毛巾放入水中，浸透后取出拧去少许水分。脱去小儿衣裤，盖以被单。用毛巾轮流擦以下部位：颈部、上臂内外侧、肘部、胸部、腋窝、腹股沟、腘窝至足跟，反复擦至皮肤发红，效果较好。一般擦15~30分钟。

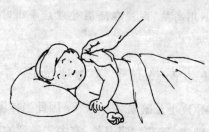

温水擦浴

(4)**温水敷法**：将大毛巾浸入36℃温水中，浸透后取出拧去少许水分。脱去小儿上衣，包裹其胸腹部，每隔5~10分钟换敷一次，持续20~30分钟。或根据体温情况延长时间，做完后擦干小儿全身。湿敷时若患儿出现面色发灰、四肢抖动、肢端发凉，应立即停敷。

(5)**酒精擦浴(醇浴)**：用30%~50%酒精(或95%酒精1份加温水1~2份)重点擦抹上述冷湿敷部位及四肢皮肤，但不擦胸腹部。有些专家不主张使用此法，因为酒精刺激性大，可经皮肤吸收引起中毒，且降温效果不佳。

(6)**冷盐水灌肠**：婴幼儿用冷盐水150~300ml，儿童用300~500ml，冷盐水温度为20℃左右。

在行物理降温时应注意：①每隔20~30分钟量一次体温；②注意呼吸、脉搏及皮肤颜色。

6.怎样为孩子滴眼、耳、鼻药水

(1)**滴耳**：让孩子躺下，使患耳朝上，先用消毒棉签将外耳道的分泌物，如粘液、脓、血擦干净后，用左手将孩子的耳廓向后轻拉,将药液滴入外耳道中,每次3~5滴;而后用中指反复按压耳屏,侧卧10分钟,使药液渐入中耳;最后用一棉球堵住耳孔,以免药液外流。

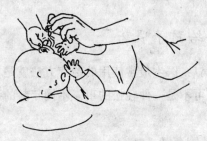

(2)**滴鼻:**先将鼻腔分泌物擦净,让孩子躺下,头尽量后仰,使鼻腔低于口咽部,以免药液漏入咽喉部。每侧鼻腔滴入2~3滴(多了会流入口内,引起咳嗽、呕吐),后用手指轻压两侧鼻翼,使药液均匀地分布在整个鼻腔内,平躺3~5分钟。

(3)**滴眼:**滴眼时婴幼儿常难以配合。最好的方法是在小儿即将睡醒时,把孩子的头部倾斜,使病眼处于较低位置(以防止药液从病眼流入健康眼,导致交叉感染),用手指轻轻拉开患眼的下睑,将眼药水滴入内眼角处(靠近鼻侧的眼角),滴药后将上睑轻轻提起,防止药液溢出,并立即唤醒孩子。当孩子眼睛睁开后,药液即可流入眼内。此时,孩子如感觉眼睛

不舒服,家长应及时用玩具转移其注意力。此外应避免孩子用手揉擦眼睛。

7.怎样给孩子喂药

小儿患病后,医生最常使用的治疗方法就是口服药物。对孩子来说,吃药可不是一件轻松的事。不同年龄的孩子喂药方式不太一样。

1)给婴儿喂药

在给婴儿喂药时,应先给婴儿戴好围嘴,并准备一些薄棉纸,以防止药物溢出。给6个月以下婴儿喂药前,一切用具都要在沸水中消毒。婴儿如果还不会坐起,就采用喂奶时的姿势抱住他;如果他能坐起,就让宝宝坐在你的大腿上并把他的一只手臂放在你的背后,用你的手把他的另一只手臂抓住,以免其扭动。

喂药的方法有很多, 只要宝宝喜欢,你采用任何一种都可以。

(1)药匙:量好药物的剂量并将一半倒入另一个药匙中, 这样做为的是喂药时不易溢出。如果药物为粉末状,可用温水冲调。把宝宝抱好使其不能扭动。接着拿起一个药匙放在他的下唇, 让他把药物吸到口腔内, 再把剩余的一半药物用同样方法喂入。

(2)药物滴管:把量好的药物放

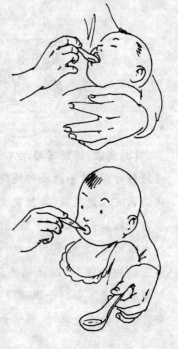

入药匙中，然后吸取一部分药液到滴管内。再把滴管放入宝宝的口腔里并把药物挤进。这样一次又一次地滴药，直到把全部药液滴完为止。

(3)**药物量筒**：把量好的药物倒进量筒内，接着抱住宝宝，把量筒的斜口放在婴儿的下唇，量筒稍微倾斜，药物即可流入孩子的口中，但不可倾斜过多，以免药物流得太快。

(4)**手指尖**：如果宝宝不愿意吃药，就采用吸吮你的手指的方法喂药。把量好的药物放入药匙中（液体量应小），抱起宝宝，药匙放在较近距离。用你的干净手指浸蘸药并让宝宝吸吮，继续数次，直至宝宝把全部药物吸完为止。

2)给儿童服药

大部分儿童服用的药物都已制成相当好的味道，但是如果孩子不喜欢这种味道，不妨试试下面几种办法，可能对您有所帮助：准备好孩子最喜欢的饮料，让他服完药后喝饮料，以去除药物的味道。你还要设法给孩子一些小小的奖赏，相信会起作用的。

如果孩子已到懂事的年龄，可向他解释为什么给他吃药，他明白以后感觉上就会好些，会比较愿意吃药了。

喂药时，应把药倒在小儿舌头的后半部，因为味蕾都在舌的前半部，这样他就不会感到药味太浓了。

另外，给孩子吃药后要清洁他的牙齿，因为许多给儿童服用的药物中都含有糖分。

8.为什么不能捏孩子的鼻子喂药

孩子生病畏惧吃药,有些家长采用捏住小孩鼻孔强行灌药的方法。这决不可取,因为这可能导致不良后果,轻则使孩子呛咳,重则引起窒息、死亡。

由于正常人的咽部下端前方接喉通往气管与肺部,后方向下通向食道入胃。喉以软骨作支架,其前上部有一小块叶状的软骨名为"会厌软骨",由神经系统支配其反射活动。正常人在进行吞咽时,会厌软骨会盖住喉的入口,以防止食物进入气管;而当说话、呼吸、唱歌等活动时,它会自然张开。当孩子拒绝吃药而哭闹时,家长采取捏鼻强行喂药,势必引起孩子极力反抗而深吸气,会厌软骨必然大开,这样极易使药物或水被吸入气管,引起呛咳、吸入性肺炎,或吸入性呼吸困难等严重后果,如果药物嵌在气管上则会造成窒息而危及生命。

9.给孩子喂药应注意哪些问题

(1)退热药和磺胺类药,服药后应多饮水。

(2)助消化药和健胃药如多酶片等须在饭前服用,以增进食欲。

(3)对胃粘膜有刺激的药物如红霉素、阿司匹林等,应饭后服用,以免影响小儿的食欲。

(4)如同时服用多种药物时,咳嗽药水应放在最后服。因为咳嗽药对呼吸道粘膜起作用,喝水可冲淡药性,降低效果。

(5)服油类药物,如鱼肝油等,可直接滴在孩子口中,再喂少许白开水。

(6)有的西药或中药均不能加入乳汁中混喂,因为乳汁的蛋白质能与许多药物发生作用,可能出现凝固或降低药效。

(7)由于婴幼儿难以吞下药片、药丸或胶囊,须将药片、药丸碾成粉末,将胶囊内的药物倒出来,并按剂量用纸包好写明,以免出错。服药前可用温开水溶化。碾药粉的方法:用一张干净的白纸对折,夹住药片,用药瓶在上面按压滚动,碾至粉末状即可。

(8)喂药时应将婴儿抱起,使其头稍侧向一边,以防止误吸。

(9)喂药时不能捏住婴幼儿的鼻子强行灌药,以免药物呛入气管而发生意外。量少味苦的药物可放入糖水中喂服。

(10)喂药应按时按量,不可加服或漏服,或随便中断服药,否则既达不到预期疗效,又会产生副作用。

10.家中常备哪些药合适

每个家庭均需备些常用的外用药及口服药。常用的有:

1)外用药

(1)一般外用药:2%碘酒、75%酒精、红汞、双氧水、创可贴、胶布、棉签、消毒的纱布块、锌氧油膏、硼锌膏、痱子粉、三九皮炎

退热药

消炎药

抗病毒药

外用药

平软膏等。

(2)五官科用药:氯霉素眼药水或利福平眼药水、红霉素眼膏等。

2)口服药

(1)退热药:最常用的有扑热息痛、泰诺林滴剂、百服宁退热剂、迪尔诺退热剂,还可选用美林退热剂。

(2)抗菌药:婴幼儿常患急性扁桃体炎、支气管炎等,可备罗红霉素、利菌沙、先锋霉素Ⅵ、希刻劳糖浆或胶囊等。

(3)抗病毒药:小儿上呼吸道感染多由病毒引起,可备一些威利宁、奥得清颗粒冲剂、板蓝根冲剂、双黄连口服液等。

(4)止咳化痰药:小儿止咳糖浆、枇杷川贝止咳糖浆、蛇胆川贝液等。

(5)消化系统用药:口服补液盐用于腹泻的预防和治疗脱水(轻度脱水);庆大霉素片、黄连素为肠道消炎药;培菲康和金双歧可调节肠道菌群;思密达,保护胃肠粘膜;多酶片、神曲等助消化。

(6)抗过敏药:扑尔敏、赛庚啶、非那根等药用于过敏性皮炎、荨麻疹等过敏性疾病。

此外应注意在常备药的药袋或瓶上注明药名、剂量、服法,以备急用时得心应手。此外家中的常备药只是急需时使用,孩子有病要先去医院看,由医生进行诊治,对症下药。

11.孩子什么情况下需上医院看病

送孩子上医院看病，确实有许多难处。什么情况下带孩子上医院看病呢？当然,母亲的观察是十分重要的,以下我们将介绍几点经验,以供参考。

(1)**面色发青**:当孩子的面色和口唇出现青紫时,说明孩子的体内发生了某些重大异常的现象,需立即送医院诊治。

(2)**抽搐**:当小儿突然出现意识丧失、口吐白沫、双眼凝视、牙关紧闭、四肢抽动等表现时,在家做简单的处理后(见有关章节),应立即送医院诊治。

(3)**发热**:①发热体温超过39℃;②发热伴有皮疹,出疹只是该病的一部分,可能是细菌或病毒感染性疾病;③发热伴有嗜睡、烦躁、颈部抵抗、呕吐;④发热伴有精神萎靡、食欲减退,吃奶量较平时少一半;⑤高热伴有抽搐,或既往有高热抽搐者;⑥体温不稳,有时高时低的波动。

(4)**咳嗽**:①咳嗽伴有喘鸣或喉喘鸣,即孩子在呼气时有喘息是喘鸣,吸气时喉中作响是喉喘鸣;②咳嗽伴有气促、鼻翼煽动、口周青紫。

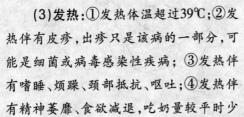

(5)腹泻:①腹泻为水样便、蛋花样便、粘液脓血便,伴烦躁哭闹、体温异常;②呕吐、腹泻时间超过24小时,上吐下泻对孩子来说是危险的,应立即就医;③腹泻伴有口渴、少尿、唇干、眼睛凹陷。

(6)呕吐:①恶心呕吐伴右下腹疼痛;②呕吐持续6小时以上;③呕吐为喷射性、持续性;④呕吐物为黄绿色液体、黑色的咖啡样的胃内容物,均为不好的征兆。

(7)哭闹:①哭闹不安伴面色苍白、呕吐;②哭闹不安伴小儿

频繁用手抓耳朵,应注意有无中耳炎。

(8)出血:①皮肤粘膜发现有散在出血点或瘀斑;②大便带血;③尿中带血;④呕吐物带血。

(9)重度营养不良:可发生任何疾病时。

(10)意外事故:如溺水、触电、烧烫伤、骨折、食物中毒、眼睛被化学物品灼伤、耳穿孔、眼损伤、严重损伤或出血、食物中毒、误食有毒物质、被动物咬伤等,应将孩子紧急送往医院。

12.如何留取婴幼儿大小便标本

虽然目前诊断疾病的手段和方法日益增多,但还是离不开最普通的大小便检验。如果采集的大小便标本不合格,势必影响检验结果的准确性,甚至可延误诊断和治疗。

1)小便标本采集法

(1)清洁并消毒:将采集尿液标本的容器清洗干净并消毒。检查尿液的前一天晚上要清洁小儿会阴部,以免影响检查的准确性。

(2)采集新鲜尿:一般为清晨第一次尿,因清晨尿浓度高,未受进食及服药等影响。新鲜尿液应及时送检,否则尿中的有形成分和某些化学成分可能被破坏,影响尿液检查的结果。

(3)婴幼儿留尿的方法:取一消毒无破损的小瓶,用两条胶布按二等分贴于瓶颈处,再用另一条胶布绕瓶颈固定其前面两根胶布。男婴将阴茎头放入瓶口内即可，粘上胶布条，男婴排尿后即取下。把女婴大阴唇分开，将瓶口倾斜45°角，对准尿道口，用两条胶布贴于两腿内

侧，再用尿布托起瓶底，使小瓶口向下倾斜垂于尿道口下，并时常察看瓶中有无尿液，若有即可取下。

2)大便标本采集法

用竹签或小木棒采取少许粪便（约蚕豆大小）放入蜡纸盒（或干净的塑料盒)中送检。若要进行粪便培养，需用无菌棉签采取粪便的脓血或粘液少许，置培养试管或蜡纸盒中送检。

七、小儿常见传染病的防治

1.幼儿急疹

幼儿急疹是由疱疹病毒(6型)所致的发疹性疾病。多见于6~18个月婴幼儿。

1)临床特征

(1)潜伏期7~17天,平均10天。

(2)起病突然,表现为持续高热,体温39~40℃。

(3)持续发热3~5天后体温骤降,热退后疹出。皮疹呈红色斑点状,以躯干、颈部及上肢多见。2~3日内皮疹全部消失。

(4)发病期间患儿精神、玩耍、食欲尚好。

2)处理

无特殊治疗。多饮水,高热时给予退热剂。本病预后良好。

3)预防

无预防方法。

2.水痘

水痘是由水痘病毒引起的急性传染病。以幼儿和学龄前儿童多见。通过直接接触,飞沫、空气传播,传染性极强。患病后可获终身免疫。

1)临床特征

(1)潜伏期10~21天。

(2)部分患儿出疹前可有发热、不适等症状。多数以皮疹起病,或同时有发热。

(3)皮疹呈向心性分布,多见于躯干与头部。亦可见于咽部和眼结合膜处。初为红色斑点疹,继之发展成疱疹,水疱易破溃,2~4天后结痂。因为皮疹分批出现,故在同一时期内可见丘疹、疱疹和结痂。

(4)除了抓破引起继发感染外,一般不留瘢痕。

(5)预后大多良好,少数合并肺炎、脑炎等。曾用肾上腺皮质激素治疗的患儿或免疫功能低下者,一旦感染水痘,病情严重。

2)处理

(1)剪短患儿指甲,以免抓伤。

(2)使用退热剂时,避免应用阿司匹林,有报道水痘患儿应用阿司匹林有发生瑞氏综合征的可能。

(3)局部可用1%龙胆紫涂抹,皮疹未破溃时可用炉甘石洗剂外涂。

(4)长期应用激素的患儿一旦接触或发生水痘,即上医院,应在医师的指导下进行治疗。

(5)并发细菌性感染时应用抗生素。

3)预防

(1)患儿应隔离至皮疹结痂变干。幼托机构中,曾接触过患者的健康易感儿应检疫3周。

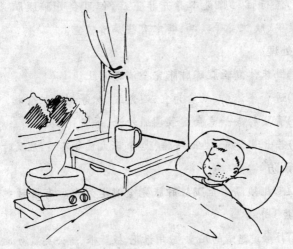

(2)对使用大剂量激素、免疫功能受损和恶性病患儿,在接触水痘72小时内可给予丙种球蛋白。

(3)患儿生活用具及被子、衣服宜暴晒或煮沸消毒。

3.流行性腮腺炎

流行性腮腺炎是由腮腺病毒所致的以腮腺肿痛为主的传染病,以年长儿为多见。主要通过飞沫直接传播。患病后可获终身免疫。再次得腮腺炎者,可能为其他病毒感染或免疫缺陷。

1)临床特征

(1)潜伏期14~21天。

(2)一侧或双侧腮腺肿大。其肿胀部位是以耳垂下为中心,边缘不清,有触痛。咀嚼时,特别是吃酸性食物时疼痛加重。一周左右逐渐消退。

(3)病程中多伴发热,热程3~7天。

(4)流行性腮腺炎本身并非重症,但可合并脑膜脑炎、睾丸炎、卵巢炎、胰腺炎等疾病,其中有些病情较重。

2)处理

(1)卧床休息至腮腺肿胀完全消退为止。

(2)进食半流质、软食为宜,避免酸、辣等刺激性食物。

(3)青黛粉或如意金黄散调醋外涂,每日1~2次。

(4)若出现头痛、呕吐、嗜睡、腹痛、睾丸痛等不适,应及时就医。

3)预防

(1)患儿须隔离至腮腺肿胀完全消退为止。有接触史的易感儿应检疫3周。

(2)接触过患者的儿童,应用银花、板蓝根、蒲公英煎汤,连服3天。

4.麻疹

麻疹是以往小儿时期传染性最强的传染病,由麻疹病毒所致。1~5岁发病率最高,主要为空气飞沫传播。患过一次麻疹后能获永久免疫。近年来由于麻疹疫苗的广泛接种,发病率已有显著下降。

1)临床特征

(1)潜伏期10~14天。

(2) 典型病例经历前驱期、出疹期、恢复期三个阶段。

·**前驱期** 3~4日,表现为发热、流涕、畏光、眼结膜炎、咳嗽等不适。出疹前1~2天出现口腔粘膜斑,对早期诊断有意义。

·**出疹期** 发热3~4日后出现皮疹，此时体温往往升高至40~40.5℃，全身症状更为严重。皮疹为红色斑点疹，疹间皮肤正常，开始出现在耳后、发际、头颈部，然后由上向下发展，遍及面部、躯干及上肢，最后累及下肢、足底。

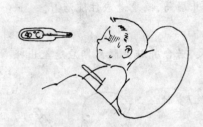

·**恢复期** 出疹3~4天后皮疹开始消退，消退的顺序与出疹时相同，同时体温也恢复正常，精神食欲好转，咳嗽减轻。疹退后皮肤留有糠状脱屑及棕色色素沉着。

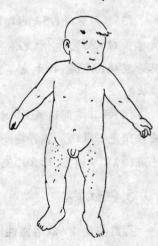

如果皮疹呈暗紫色，或皮疹稀疏、颜色偏淡，不易透发，突然隐退，应考虑有合并症的可能，如肺炎、心肌炎、败血症等，应立即送医院检查治疗。

2)处理

(1)卧床休息，房间要温暖湿润，保持空气流通。

(2)多饮水，给予容易消化、富有营养的食物，以流质、半流质为主，除油腻、辛辣食品外，不宜忌嘴，

以免导致营养不良。

(3)保持皮肤、粘膜清洁卫生。

(4)高热时可用小剂量退热剂,以防惊厥。

(5)适当补充维生素A。

(6)在医师指导下观察病情并用药,病重者应住院治疗。

3)预防

(1)患儿隔离至出疹后第5天,若合并肺炎隔离期应延至出疹后第10天。

(2)生后8个月接种麻疹疫苗,7岁时加强。

(3)接触麻疹后5天内即给予免疫血清球蛋白0.25毫升/千克体重,可预防麻疹发病;0.05毫升/千克体重仅能减轻症状。

(4)每日房间通风3小时,患儿衣物应在阳光下曝晒。流行期小儿不宜去公共场所。

(5)紫草15克,绿豆15克,黑豆15克,赤豆15克水煎,随时服。

5.猩红热

猩红热是由A族溶血性链球菌引起的急性呼吸道传染病。多见于3岁以上的小儿,经飞沫传播。

1)临床特征

(1)潜伏期1~7天,通常2~4天。

(2)起病急,发热,伴头痛、咽痛。咽部检查示咽部及扁桃体明显充血,可见脓性分泌物。舌质红,舌乳头红肿如草莓,称杨梅舌。

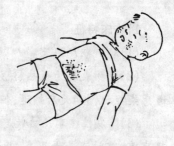

(3) 发热后24小时左右出现皮疹,最先见于颈部、腋下和腹股沟等处,24小时内遍及全身,呈红色细小密布皮疹。面部皮肤潮红,使得口周围显得苍白。皮肤皱褶的地方如肘窝,皮疹更为密集,其间有针尖大小的出血点,医学上称帕氏征。

(4)皮疹一般持续3~5天,按出疹顺序消退。疹退后脱屑或脱皮,是猩红热的特征性表现之一。无色素沉着,持续2~4周。

(5)早发现早治疗常能痊愈。但部分病人在恢复期可发生急性肾小球肾炎、风湿热,故康复后2~4周最好检查尿常规。

2)处理

(1)急性期应卧床休息。

(2)饮食以流质、半流质为宜,多饮水。

(3)保持皮肤清洁,可外涂炉甘石洗剂止痒。

(4)要及早治疗。病因治疗首选青霉素,疗程7~10天。如对青霉素过敏,可改用红霉素。病情严重的,应及时送医院就诊。

3)预防

(1)隔离患儿至咽拭子培养阴性。

(2)室内保持空气流通,流行期间,易感儿少去公共场所。

(3)有密切接触的易感儿,可口服复方新诺明3~5天,或长效青霉素60万~120万单位肌注1次。

6.百日咳

百日咳是由百日咳杆菌引起的呼吸道传染病, 因病程长故名。本病经飞沫传播,冬春季多见。自广泛接种百日咳疫苗以来,本病发病率已明显降低。

1)临床特征

(1)潜伏期7~21天。

(2)病初表现为低热、流涕、咳嗽等上呼吸道感染症状,3~4天后热退,但咳嗽日趋加剧。

(3)阵发性痉挛性咳嗽是本病的特征,多日轻夜重,咳时连着十几声,甚至几十声,使患儿脸憋得通红,甚至发紫。咳毕深吸气时有特殊高音调的吼声,似"鸡鸣声",如此反复发作,直至咳出大量粘液,或将胃内容物吐出为止。咳嗽久者,眼面浮肿,眼球结膜下出血,一般持续2~6周,亦可长达2个月以上。值得一提的是新生儿或小婴儿常无典型的痉咳,多见咳数声即发生屏气、发绀,甚至窒息,如不及时抢救会有生命危险。

(4)主要并发症是肺炎、肺不张、肺气肿。如发生百日咳脑病,则病情严重。

2)处理

(1)居室应空气新鲜、阳光充足。避免烟雾、灰尘、煤气等不良刺激。

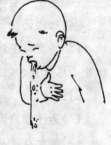

(2)宜少量多餐。予以易消化、营养丰富的饮食。

(3)抗生素治疗首选红霉素50毫克/千克体重,分3~4次口服。疗程7~14天。

(4)痰液粘稠者可用化痰剂;痉咳严重者,可在医师指导下酌情应用苯巴比妥、异丙嗪。

(5)病重者,尤其发生青紫、窒息或抽痉的,须及早住院治疗。

3)预防

(1)隔离患儿40天,密切接触者观察21天。

(2)生后3个月接种百白破三联疫苗,每月1次,共3次。

(3)百日咳流行期间,可用鱼腥草30克水煎服。

(4)密切接触的易感儿,给予红霉素口服5~7天。

7.细菌性痢疾

细菌性痢疾是痢疾杆菌引起的,小儿较常见的急性肠道传染病。以夏秋季多见。病人和带菌者是传染源。

1)临床特征

(1)潜伏期数小时至7天,一般1~2天。

(2)发病前可有不洁饮食史。

(3)起病急,表现为发热、腹痛、呕吐、腹泻,排粘液脓血便。

(4)中毒性菌痢是急性菌痢的危重型。多见于2~7岁小儿。起病急骤,高热、抽搐,很快发生休克、昏迷、呼吸衰竭,如不及时抢救则有生命危险。部分病人

未排脓血便就出现休克,容易与乙型脑炎等疾病相混淆。须用管取便或灌肠法检查大便才能确诊。

2)处理

(1)卧床休息。

(2)呕吐剧烈者,可暂时禁食,但禁食时间不宜过长,逐渐予以流质、半流质、易消化的食物。

(3)注意补充水分,推荐用口服补液盐(ORS)少量多次饮用。若呕吐、腹泻严重者,应静脉输液。

(4)高热者,予以退热剂。

(5)抗生素治疗,口服药物可选用复方新诺明、痢特灵、氨苄青霉素。氟哌酸一般不用于幼儿。

(6)应上医院诊治。

3)预防

(1)不吃腐败变质的食物,生吃瓜果要削皮。

(2)加强饮水卫生和餐具消毒。饭前便后要洗手。

(3)患儿的尿布、衬裤要煮过或用沸水浸泡后再洗。病人的粪便要用1%漂白粉澄清液浸泡或沸水浸泡消毒后才能倒入一般下水道。

(4)隔离病人至症状消失。

8.结核病

结核病是由结核杆菌引起的慢性传染病。主要通过呼吸道传播,少数因摄入未经消毒的、有结核杆菌污染的牛奶而得病。近年来本病有卷土重来的趋势。

1)临床特征

(1)发病前多有结核病接触史。

(2)有长期低热、咳嗽、食欲减退、体重不增、乏力盗汗等结核病中毒症状。

(3)小儿以原发性肺结核、粟粒型肺结核、结核性脑膜炎多见。后二型临床症状严重。

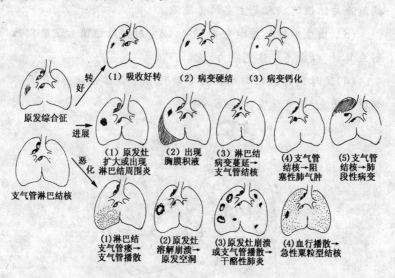

(4)查血沉、结核菌素试验、X线检查,痰或空腹抽胃液找结核杆菌有助于明确诊断。

2)处理

(1)注意休息,居室应阳光充足、空气流通,并适当进行户外活动。

(2)加强营养,多吃些富含动物蛋白和植物蛋白的食品,以及新鲜蔬菜、水果。

(3)吐痰入盂,消毒后处理。

(4)目前主张直接监督下服药的短程方法,疗程6~8个月。如异烟肼、利福平、吡嗪酰胺服用2个月,然后异烟肼、利福平继续服用4个月。

3)预防

(1)合理喂养,培养良好的卫生习惯。

(2)避免接触结核病患者,尤其结核病菌涂片阳性的病人是主要的传染源。

(3) 出生后即接种卡介苗,7岁、12岁时若结核菌素试验阴性则应复种,以提高机体免疫力。

(4)父母患开放性肺结核的婴幼儿可予预防性化疗:每天异烟肼10毫克/千克体重,疗程6~9个月。

9.病毒性肝炎

病毒性肝炎是由数种不同型肝炎病毒所致的传染病,以肝损害为主。目前已确定的至少有甲型、乙型、丙型、丁型及戊型5种肝炎病毒,各型之间无交叉免疫。

(1)甲型病毒性肝炎:潜伏期15~40天,平均30天左右,主要经口感染,甲肝无慢性带菌者,预后好,95%完全恢复,病死率约0.1%。

(2)乙型肝炎:潜伏期60~160天,传播途径是注射、输血或血制品及密切的生活接触,及围生期母婴传播。

(3)丙型肝炎:主要经血传播,日常密切接触及性接触也可传播。潜伏期较长,感染后可长期带病毒或导致丙型肝炎。

(4)丁型肝炎:主要通过血液或血制品传播,但围生期传播少见。

(5)戊型肝炎:潜伏期平均36天,传播途径与甲肝相似,经粪-口途径传播。

1)临床特征

发热、乏力、食欲减退、恶心、腹胀、肝区疼痛、黄疸、肝肿大,轻者可无自觉症状;严重者病情进展快,迅速出现暴发性肝炎,导致肝昏迷、出血、肝肾综合征。

·**实验室检查** 肝功能检查提示血清谷丙转氨酶、谷草转氨酶增高;黄疸时血清胆红素常增高。肝炎病毒病原学检测有助于明确肝炎类型。

2)处理

(1)急性期应卧床休息,减少体力消耗。黄疸消退、症状减轻后,宜逐渐增加活动。无症状的HBsAg携带者不需休息,但应定期复查。

(2)宜予易于消化、富含维生素的饮食,即高糖、高蛋白和高维生素的"三高"饮食。

(3)避免应用对肝脏有害的药物,如磺胺类、氯丙嗪、异烟肼、利福平等。

(4)应在医师指导下用药。

(5)急性期应住院治疗。

3)预防

(1)急性甲肝发病后3周内应予隔离,托幼机构病儿可适当延长。

（2）乙肝表面抗原阳性者，尤以HBeAg阳性时，个人食具应单独使用，不宜入托。丙、丁肝与乙肝相同。

（3）病人食具、用具应煮沸20分钟，排泄物应用漂白粉消毒。常用消毒剂有优氯净、次氯酸钠、漂白粉或过氧乙酸。

（4）曾接触过甲肝患者的，可用丙种球蛋白0.02~0.05毫升/千克体重，肌内注射，时间越早越好，不迟于接触后7~14天。

（5）使用一次性注射针筒或输液器。

（6）疫苗接种对象为新生儿及HBsAg阴性者。新生儿多采用0、1、6个月注射。若母亲HBsAg及HBeAg阳性者，有条件者最好采用乙肝免疫球蛋白（HBIG）及乙肝疫苗联合阻断母婴传播。

10.常见传染病隔离期

常见传染病隔离期

疾病	病人隔离期
麻疹	出疹后5日，若合并肺炎延长至10日
水痘	隔离至皮疹全部干燥结痂为止
流行性腮腺炎	隔离至腮腺肿胀完全消失
风疹	一般不需隔离，必要时隔离至出疹后5天
百日咳	隔离患儿40天
猩红热	隔离至咽拭子培养阴性，鼻咽分泌物培养连续2次阴性，自治疗起不少于7日
脊髓灰质炎	至少隔离至发病后40天

八、小儿常见病症的处理

（一）先天发育不良性疾病

1.小儿歪脖子要否手术

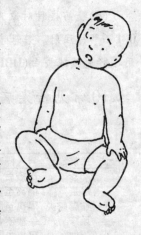

歪脖子即先天性斜颈，是由于一侧胸锁乳突肌较短或挛缩所致。患儿出生后即有头颈向一侧倾斜，不能转向健侧，有时生后第2至第3周更为明显。若试将头颈向健侧屈曲，则受到限制并可在患侧胸锁乳突肌的近端摸一个菱形肿块，质硬而无压痛，通常该肿块如成人拇指甲大小，继之逐渐缩小，多在2~6个月内完全消失，而胸锁乳突肌开始出现萎缩。如果未及时治疗，患儿头面部将发生继发性变形，头面部不对称。

一旦确定诊断，就应及早治疗。早期采用牵伸挛缩的胸锁乳突肌，可望在6个月内矫正。先将患儿头颈向健侧屈曲，使其耳廓能接触到健侧肩部。继之，再把头向患侧旋转，使下颌抵至患侧肩部，每一动作持续10秒，每次要做10~12个动作，每日可做4~6次。

当保守治疗效果欠佳，或年龄超过1岁者，则需手术治疗。

2.小儿脐疝怎么办

脐疝是一种先天性发育缺陷。多见于婴儿,女孩比男孩多。脐带脱落愈合后,在脐部可见一圆形或卵圆形的肿块。安静卧位时,肿块消失,哭闹、咳嗽时肿块出现。绝大多数脐疝在2岁内可自愈,故一般不需特殊治疗。仰卧可促进自然恢复,用带捆扎无效。疝直径≥5厘米者需行修补术;直径2~5厘米者可观察至2岁再考虑手术。过去曾有人主张用胶布粘贴法缩小脐环,但经过对比观察发现,这并不能提高疗效,反而会因使用不当引起脐部皮炎,甚至脐部皮肤由于受压而发生肠坏死及穿孔,使治疗更为复杂,故不宜提倡。

2岁以上尚未闭合的脐疝,且疝环直径超过2厘米或疑有疝内容物与疝囊粘连者,应择期手术治疗。

3.如何判断舌系带过短

舌系带过短时,由于舌尖运动的范围不能超过前牙切缘(即舌尖伸不到嘴外)或抵及腭部,不仅影响吸吮和咀嚼功能,还会造成发音障碍。如何判断舌系带过短呢?可以让孩子把舌头尽量往外伸或舌头往上卷,若舌外伸后舌边缘见W形或舌尖达不到上腭,就要考虑有舌系带过短,应带其上医院检查,若确系舌系带过短,则可将舌系带薄膜的前部剪开,手术只需2~3分钟,不需局部麻醉。

4.小儿腹股沟斜疝怎么治

腹股沟斜疝是小儿外科最常见的疾病之一,男孩多见。多数在新生儿期或生后数月内出现腹股沟肿物,当哭闹、站立、咳嗽时,肿物增大,平卧安静后肿块逐渐缩小,甚至消失。少数病例于生后6个月可以自愈。

一般可复性疝不影响生长发育,但随着年龄的增长,疝块可增大,并可发生嵌顿、绞窄,应早期手术治疗。手术年龄以6个月至6岁之间合适。腹股沟斜疝患儿若突然出现腹痛、哭闹、呕吐,应检查该肿物是否可回纳,若不可回纳,且紧张而坚实质硬,并有触痛,应考虑为嵌顿疝。本病属急症,应立即到医院就诊,请外科医师诊治,如不及时治疗,可引起肠坏死,危及生命。

5.小儿睾丸鞘膜积液如何治疗

患睾丸鞘膜积液的小儿阴囊增大,阴囊内可触及无痛性卵圆形肿物,与皮肤不粘连,透光试验阳性。交通性鞘膜积液时,平卧后肿物可完全消失。

在睾丸外面包有两层膜,叫鞘膜,当里面出现较多的液体时,称为鞘膜积液,本病应与腹股沟斜疝鉴别。

婴儿及新生儿鞘膜积液多数可以自行消失,随访观察1年以后,若仍未愈,可行手术治疗。

6.小儿隐睾有害吗,如何处理

未降入阴囊内的睾丸称为隐睾。触诊时,阴囊内未能触及睾丸。单侧隐睾较双侧隐睾多见,有66%~93%合并腹股沟斜疝。其对人体主要的危害是:①由于腹腔内温度较阴囊内高,使睾丸上皮萎缩,阻碍精子形成,可致不育,尤其是双侧隐睾;②易受外伤、炎症感染,扭转嵌顿;③发生睾丸肿瘤的机会较正常者高。

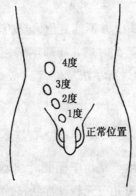

隐睾在腹腔内的位置

·处理

(1)婴儿隐睾有自行下降的可能,可暂时观察,不急于治疗,但1岁以后下降机会很少。

(2)可采用内分泌疗法,以促进睾丸发育和下降。小儿10月龄始用促性腺素释放激素;若无效,则用绒毛膜促性腺激素。

(3)内分泌治疗失败者,须于2周岁前手术。

(4)如并发腹股沟斜疝或睾丸异位、鞘膜积液,均须手术。

7.小儿包茎和包皮过长怎么办

包皮口狭窄或包皮与阴茎头粘连,包皮不能向后翻开而露出阴茎头时,称为包茎。如包皮过长覆盖了阴茎头,但能上翻露出尿道口及阴茎头时,称为包皮过长。小儿出生时,包皮和阴茎头间有粘连,以至包皮不能上翻,这是正常现象。生后2~3年内,由于阴茎和阴茎头的生长,以及阴茎的勃起,渗液逐渐被吸收,粘连消除,包皮就能上翻,露出阴茎头。婴幼儿时期包茎,可将包皮重复试行上翻。但手法一定要轻柔,当阴茎头露出后,清洁包皮垢,并外涂液体石蜡以润滑之,然后将包皮复原,若粘连过紧,则须进行包皮环切术。包皮过长者如能经常洗澡保持局部清洁,可不影响健康。

当包皮上翻至阴茎头上方不能复位,包皮紧勒住阴茎沟处不能下翻的,称为嵌顿包茎。此时患儿局部疼痛、排尿困难、哭闹不安,应及时上医院,请医师进行手法复位,若手法复位失败时,应即行手术治疗。

8.如何早期发现小儿先天性心脏病

先天性心脏病主要是由于胎儿时期心脏发育的障碍所引起的。一般来说,轻症患儿可无特殊症状,较重的先天性心脏病患儿在婴儿时期就可有异常表现。细心的父母如果发现孩子有下列症状,就该考虑到先天性心脏病的可能:①喂养困难,吸吮数口就停歇、气促,体重不增,易烦躁不安;②哭闹和活动时易出汗、气促、口唇发青;③口唇、指甲床持续青紫或反复出现神志不清。

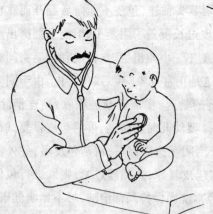

先天性心脏病的确诊还得上医院检查。医生须经过详细的检查,并借助X线、心电图、超声心动图等,才能作出正确的结论。

（二）其他常见病症

1.怎样防治小儿鹅口疮

鹅口疮是由真菌引起的一种口腔炎，婴幼儿常见，多见于新生儿以及由于营养不良、腹泻等疾病长期使用广谱抗生素、激素的患儿。患鹅口疮的小儿口腔粘膜出现乳白色、微高起的膜样物，形似奶块，不痛。

·处理

（1）注意口腔卫生，哺乳前清洁奶头和消毒奶瓶。

（2）可用2%碳酸氢钠溶液清洁口腔，局部涂抹制霉菌素溶液（10万~20万单位/毫升）。

（3）切忌用布涂擦，以免引起继发感染。

2.孩子得了口腔溃疡怎么办

口腔溃疡是由于细菌感染所致，多见于婴幼儿。常发生于急性感染、长期腹泻等机体抵抗力下降时。口腔各部位均可受累。初起充血、水肿，随后出现大小不等腐烂或溃疡，创面覆盖灰白色或黄色伪膜，边缘清楚，患儿诉局部疼痛，流涎增多，可伴发热。

·处理

（1）保持口腔清洁，可用0.1%~0.2%呋喃西林或洗必泰溶液漱口，涂抹2.5%金霉素甘油。

（2）多饮水、进食流质，所进的食物宜温凉。

（3）补充维生素B_1、B_2、C。

（4）重者应予以抗生素治疗。

3.婴儿常见呕吐的原因有哪些

呕吐是儿科常见的症状之一，家长就诊时常诉说患儿有呕吐,应与溢奶相鉴别,婴儿溢奶多在出生后半年内发生。由于婴儿贲门较松弛,当哺乳过多或吞入空气时,在哺乳后少量乳汁会倒流到口腔,但不影响健康。

婴儿期常见呕吐的原因有:

(1)吞入羊水:由于分娩时吞入羊水刺激胃,生后当日或次日多次呕吐,将羊水污染的胃内容物吐净后,可自行缓解,一般情况好。

(2)喂养不当:尤其人工喂养,奶头孔太大,喂奶过急,吸入过

多气体,可引起呕吐。

(3)先天性消化道畸形:胃扭转、食管闭锁、胃或肠旋转不良、食管裂孔疝、肥厚性幽门狭窄、巨结肠症，均可出现不同程度的呕

吐,还可有呛咳、腹胀、血便、消瘦、腹部包块等症状,应立即前往医院检查以明确诊断,及时治疗。

(4)**幽门痉挛**:生后出现规则呕吐,非喷射状,无进行性加重,腹部无包块,一般情况较好。用阿托品等解痉治疗,疗效较好。

(5)**肠套叠**:是婴幼儿期最常见的急腹症之一,多见于4~10个月的婴儿,呕吐且伴阵发性哭闹(腹痛所致),血便、腹部包块,应立即前往医院行空气灌肠复位,如无法复位,或病程超过48~72小时,或有肠坏死的,应手术治疗。

(6)**感染性疾病**:肠道感染、呼吸道感染、败血症时亦可出现呕吐。

(7)**中枢神经系统疾病**:如有颅内出血、缺氧缺血性脑病、硬膜下血肿、化脓性脑膜炎,呕吐同时常伴尖声哭叫,面色苍白,凝视、惊厥、昏迷等。

4.怎样识别小儿急性阑尾炎

　　急性阑尾炎多见于4~12岁小儿,典型的阑尾炎腹痛,开始多位于脐周或上腹部,6~12小时后转到右下腹,故又称之为转移性右下腹痛。疼痛多为持续性闷痛,伴恶心呕吐、发热。化验检查:血白细胞增加,中性粒细胞增多。患儿喜向右侧躺卧,或以手按住右下腹以减轻疼痛。一旦孩子出现腹痛,尤其是右下腹痛,一定要及时请医生诊治,以免延误病情,造成阑尾穿孔。

5.怎样识别小儿肠套叠

　　肠套叠是婴幼儿最常见的急症之一,早期发现,行空气灌肠可以复位,若不及时诊治,可致病情延误或加重,造成肠坏死则必须手术治疗。

　　·临床特征　①发病年龄,以4~10个月婴幼儿多见,男孩多于女孩;②起病突然,平素健康儿突然阵发性哭闹,伴面色苍白;③反复呕吐;④排果酱样粘液血便;⑤多数上腹部可扪及腊肠样肿块,阵发性哭闹、呕吐、血便、腹部包块是本病典型的临床表现,若孩子有上述症状,应迅速上医院治疗。

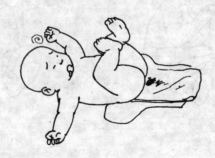

6.什么是秋季腹泻

秋季腹泻目前已证实与轮状病毒感染有关，多散发或流行，主要经粪-口传播，多发生在6~24个月婴幼儿，潜伏期1~3天，起病急，常伴发热，以及流涕、咳嗽等上呼吸道感染症状，病初即有呕吐，继之腹泻，大便呈黄色水样，色淡，有时呈米汤样，常并发脱水。本病为自限性，抗生素治疗无效，多在5~7日内自然痊愈。

7.如何防治婴幼儿腹泻

婴幼儿腹泻是我国婴幼儿最常见的消化道疾病，其病因分为感染性(病毒、细菌、真菌、寄生虫等感染)和非感染性(与饮食、过敏等因素有关)，临床主要表现为发热、呕吐、腹泻、大便次数增多及性状改变，有时排粘液脓血便，重者伴脱水、酸中毒。

·预防

(1)合理喂养，提倡母乳喂养，逐步添加辅食，避免突然断奶。

(2)注意清洁卫生，人工喂养时，食具应用前要煮沸消毒。

(3)气候变化时，避免过热或受凉。

(4)忌食变质、污染的食物。

·治疗

(1)除呕吐剧烈者外,一般不禁食,母乳喂养儿可继续哺乳,但应暂停辅食;人工喂养儿可喂米汤或稀释的牛奶。腹泻好转后,饮食可逐渐由少到多,由稀到稠,恢复正常。

(2)长期腹泻或病毒性肠炎患儿多有乳酸酶缺乏,以乳糖不耐受最多见,暂停乳类喂养,改为豆浆、酸奶,有条件者改用不含乳糖的奶粉,如惠氏爱儿素等。

(3)补液。推荐使用口服补液盐(ORS)。若有明显呕吐及中度脱水者,应往医院输液治疗。

(4)应用粘膜保护剂及微生态制剂如思密达、米雅爱儿A、培菲康、金双岐。

(5)酌情选用抗生素。

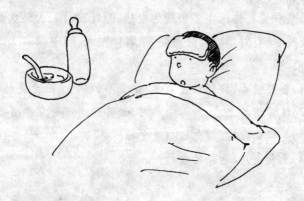

8.小孩便秘怎么办

小孩便秘指大便干燥,坚硬呈栗子状或排便困难。小孩每日排便次数有个体差异,有的孩子习惯于每隔2~3天排便1次,只要性状正常都属正常,不必担心。

·便秘原因多与以下因素有关

(1)饮食摄入量不足:人工喂养或母乳喂养儿如奶量不足,又未能及时添加辅食,或因牛乳中糖量不够,均可造成消化后食物残渣少,而引起便秘,一般为假性便秘。

(2)饮食成分不当:摄入食物中纤维素不足,而以蛋、鱼、肉等高蛋白为主食,钙的含量过高,使大便呈碱性,也会出现便秘。

(3)缺乏规律的排便习惯:没有养成定时排便的习惯,或孩子有便意时受到外界干扰等,都可发生便秘。

(4)胃肠道先天畸形:常见于先天性巨结肠、肠旋转不良、肠狭窄、肠闭锁等,除便秘外还伴有呕吐、腹胀,多发生在出生后一周内,病情严重者,需手术治疗。

·便秘处理

(1)母乳喂养儿两餐之间可补充些开水或葡萄糖水,或添加菜汁或水果汁。牛乳喂养儿除了加喂果汁外,牛乳中还应加糖至8%。较大的小儿应注意添加含纤维素多的食物,如谷类、水果、蔬菜类。

(2)3个月以上婴儿可以训练定时排便。

(3)按摩腹部也有助于排便。让小儿仰卧,家长用自己的掌面按顺时针方向作环形运动,按摩小儿腹部,每次按摩3~5分钟,每日早晚各一次。此法可促进肠蠕动,帮助排便。

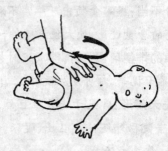

(4)多运动也有利于排便。

(5)如急性便秘或粪块嵌塞,可选用小儿开塞露或小肥皂条插入其肛门内,以刺激直肠引起排便。也可用涂油的肛表插入小儿肛门,轻轻晃动,刺激直肠引起排便。

9.小孩厌食怎么办

·厌食的原因

(1)不良的饮食习惯,常是孩子厌食的主要原因。如吃饭不定时,生活无规律,饭前吃糖果。

(2)餐前使孩子情绪不愉快。

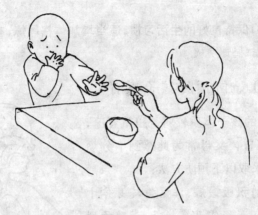

(3)高蛋白、高脂肪、高糖饮食也会使
孩子的食欲下降。

·治疗

(1)病因治疗：缺锌可补锌；缺铁性贫
血应补充铁剂；神经性厌食宜请专科医师
进行心理治疗。

(2)纠正不良饮食习惯：按时进食，不
吃或少吃零食，包括果汁、汽水、酸奶、巧克力及冰淇淋。小儿进
食宜听其自然，勿过分注意，防止强迫小儿进食，创造祥和的进
食环境。

(3)保持良好的生活习惯,适当增加体格锻炼:有利于促进食欲。保证睡眠充足。

10.如何预防孩子感冒

有的孩子体质较弱，稍微着凉，就患感冒，父母常为此感到十分烦恼，可采取以下预防方法：

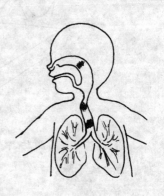

(1)积极锻炼:注意锻炼身体十分重要，如经常开窗换气，带孩子到户外活动、晒晒太阳和进行体育运动,要持之以恒，这样才能增强体质。

(2)避免发病诱因：衣服穿得过多或过少、室温过高或过低、气候突变等都是上呼吸道感染的诱发因素，应注意防范。

(3)防止交叉感染：家庭有人感冒时，应避免与小儿接触，必要时应戴口罩；喂奶前要洗手；避免带孩子到人多的公共场所。

(4)药物预防：中药黄芪、玉屏风散以及左旋咪唑、转移因子、卡介苗素等均可提高机体免疫功能。反复上呼吸道感染的孩子，应用后可减少复发次数。

11.孩子得了哮喘怎么办

支气管哮喘是一种常见的慢性呼吸道疾病，其发病率有上升趋势，我国儿童哮喘发病率为2%~3%。本病的防治已成为全球性关注的问题，并已制定出较规范化的防治常规。家长应该认识到通过长期、适当、充分的治疗，完全可以有效地控制哮喘发作，提高生活质量。

(1)一旦孩子有喘息症状，首先应到医院，明确是否患支气管哮喘，以便及早正规治疗，以免反复发作而影响肺功能。

(2)目前治疗哮喘的最好方法是喷雾治疗。它不仅起效迅速，且全身不良反应轻。但应在医师的指导下用药。

(3)积极配合医师，坚持治疗，不要自行停药或改药。总疗程一般2~3年。

(4)避免过敏原及诱发因素，如家中不养宠物、不吸烟、不铺地毯，保持室内清洁卫生，因尘埃中的螨是诱发哮喘的常见过敏原。

(5)若出现咳嗽，哮喘严重，应立即前往医院治疗。

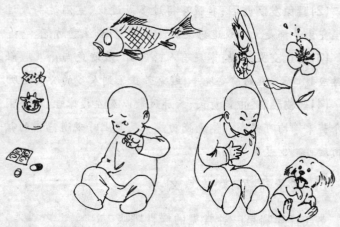

12.小儿贫血的原因有哪些

贫血是指末梢血中单位内的
红细胞数或血红蛋白量低于正常。
表现为皮肤粘膜苍白、疲乏无力、
精神不振、注意力不集中、胸闷等。

根据贫血发生的原因可将其
病因分成三类：

(1)红细胞生成减少性贫血：与造血原料缺乏有关的是缺铁
性贫血、巨幼红细胞性贫血；因骨髓造血功能下降所致的有再生
障碍性贫血；骨髓浸润并发的贫血有白血病、恶性淋巴瘤等。

(2)溶血性贫血：与红细胞内在因素有关的疾病有遗传性球
形红细胞增多症、G-6-PD酶缺乏症、地中海贫血；与红细胞外在因
素有关的疾病有新生儿同族免疫性或Rh因子所致的贫血、自身免
疫性溶血性贫血。

(3)失血性贫血：分急慢性失血,后者可见于肠道畸形、鲜牛
奶过敏、钩虫病引起的贫血。

13.怎样防治小儿缺铁性贫血

缺铁性贫血是由于体内铁的缺乏而导致血红蛋白合成减少的小细胞性低色素贫血,为小儿贫血中最常见的,以婴幼儿多见。目前研究认为,铁元素缺乏还可影响婴幼儿行为和神经发育,对小儿健康危害较大。

·处理

(1)病因治疗:应去除导致本病的因素,如合理喂养,及时添加辅食,纠正偏食;对鲜牛奶过敏者,将牛奶量减至500毫升/日以下,或改用奶粉;患钩虫病者应驱虫;肠道畸形者应行手术治疗。

(2)铁剂治疗:铁剂是治疗缺铁性贫血的特效药,二价铁较容易吸收。按每天元素铁4~6毫克/10千克体重计算,目前常用的铁剂有:力蜚能、速力菲,含铁量分别为46%与35%。铁剂治疗有效者3~4天网织红细胞即见升高,治疗约2周后血红蛋白也相应增加,为补充体内贮存铁,铁剂应用至血红蛋白正常后2个月左右。服用铁剂同时口服维生素C以促进铁的吸收,最好于两餐之间服用铁剂,减少对胃的刺激。避免与大量牛奶、茶、咖啡同时服用。

·预防

(1) 提倡母乳喂养,因为母乳中的含铁率虽不高,但吸收率常较牛乳的高。

(2) 生后4~6个月始逐渐添加含铁丰富的食物:如蛋黄、瘦肉。

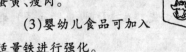

(3)婴幼儿食品可加入适量铁进行强化。

(4)对早产儿、低体重儿宜在2个月左右即给铁剂预防。

14.孩子多汗是否有病

汗腺分泌过多,称为多汗,分为生理性多汗和病理性多汗。生理性多汗多与气温过高,穿衣、盖被过多有关。由于小儿代谢旺盛,活泼好动,出汗也较成人量多,家长不必为此焦虑。但是某些疾病也可表现多汗,值得注意,如结核中毒症,患儿不仅前半夜多汗,后半夜天亮前亦多汗,称为盗汗;佝偻病患儿晚上入睡后往往多汗,但深睡后汗液逐渐消退。病理性多汗往往出现在病人安静状态。如睡眠多汗时,应疑是疾病所致,此时应加以警惕,可向医生请教。

15.怎样防治小儿佝偻病

小儿佝偻病俗称软骨病,医学上称之为维生素缺乏性佝偻病。常见于2岁以下儿童。维生素缺乏性佝偻病是由于维生素D缺乏而导致钙磷代谢紊乱、骨骼钙化障碍的慢性营养性缺乏病。

本病多由于以下原因所致:

(1)阳光照射不足:阳光中的紫外线能使人皮肤内的7-脱氢胆固醇转化为维生素D_3。如户外活动少、烟雾和粉尘使患儿紫外线照射减少、内源性维生素D合成减少而致病。

(2)维生素D摄入不够:母乳中维生素D含量较少,如不及时添加辅食(蛋黄、动物肝脏)或注意补充维生素D剂(鱼肝油等),则易于缺乏维生素D。

(3)维生素D需要量增多:由于小儿生长发育快,维生素D需要量大,易造成维生素D缺乏。

(4)**维生素D吸收障碍**:患有胃肠道或肝胆疾病,会影响维生素D及钙、磷的吸收和利用。药物如糖皮质激素、苯巴比妥、苯妥英钠等可影响维生素D的利用。

本病好发于3个月至2岁婴幼儿。临床分为初期、极期、恢复期和后遗症期。

1)初期

多于3个月左右发病,出现非特异性神经精神症状。表现有易惊、烦躁不安、夜间啼哭、头部汗多而致婴幼儿摇头擦枕,出现枕部脱发。此期无明显骨骼改变。血钙、磷浓度已降低。

2)极期

除初期症状外,主要表现为骨骼改变和运动功能发育迟缓。因小儿身体各部位骨骼生长速度随年龄不同而异,骨骼改变往往在生长快的部位明显,故不同年龄有不同的骨骼表现。

(1)**乒乓颅**:3~6个月婴儿可有颅骨软化,用指尖轻轻按压枕骨或顶骨的后部,可有乒乓球样感觉。

(2)**前囟边缘软**:3~6个月婴儿摸前囟边缘较软(如摸到口唇和鼻尖感觉)。

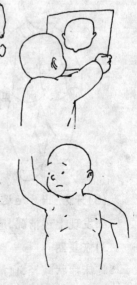

(3)**方颅、十字状颅形**:8~9个月婴儿可见到额、顶部呈对称性颅骨圆突,称为"方颅",严重时呈蝶鞍状或十字状。

(4)**串珠肋、赫氏沟**:肋骨和肋软骨交界处呈钝圆突起,因几个相邻肋骨都有隆起,故呈串珠样畸形。膈肌附着处的肋骨因受牵拉而内陷,同时肋骨下部因腹大而外翻,使该处呈横沟状——赫氏沟。

(5)鸡胸、漏斗胸：肋骨骺部内陷，如胸骨向外突出，形成鸡胸，如向内陷，则形成漏斗胸。

(6)手镯、脚镯：多见于6个月以上小儿，在其前臂、小腿的远端可扪及钝圆形环状隆起，称为佝偻病手镯、脚镯。

(7)X形腿、O形腿：多见于1岁以上儿童。患儿取立位，两腿靠拢两膝关节不能靠拢者为O形腿；如两踝关节不能靠拢者为X形腿，两腿相距3厘米以上者为重度，3厘米以下的为轻度。

(8)牙齿：出牙延迟、出牙顺序颠倒，牙面有横丝，无光泽。

如发现上述情况，应请医生检查治疗。

3)恢复期

临床症状减轻，血清钙磷恢复正常。碱性磷酸酶4~6周恢复正常,X线表现临时钙化带重新出现。

4)后遗症期

多见3岁以后,仅留骨骼畸形,见于重度佝偻病小儿。

·预防

(1)孕妇应多食富含维生素D和钙、磷的食物,尤以孕后期3个月最为重要,应多晒太阳。

(2)多晒太阳是预防佝偻病的有效措施。

(3)对体弱患儿或在冬春季节,服用维生素D是有效的预防措施。一般每日400国际单位。

(4)提倡母乳喂养,母乳中的钙磷比例恰当,钙的吸收率高。

(5)小儿应进食含维生素D和钙、磷丰富的食物,如乳类、鱼、贝壳类、动物肝脏、蛋黄等。中国营养学会推荐每日膳食中钙的供给量为0~6个月400毫克,7个月至3岁600毫克,3岁以上800毫克。

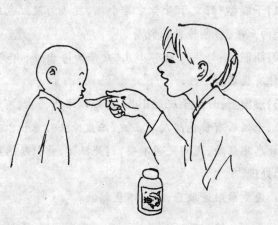

·**治疗** 在医生指导下采取营养、日光、药物、防治并发症等综合治疗。活动期每日口服维生素D2000~4000国际单位,连服1个月,后改为口服预防量每日400国际单位。不能坚持口服者可肌内注射维生素D_3,每次30万国际单位,一般一次即可,重者连用2次,每次间隔1个月。2~3个月后口服预防量。

16.怎样防治婴儿湿疹

湿疹是婴儿常见的皮肤病之一,多于生后1~3个月发病,1岁半以后大多逐渐自愈,不留瘢痕。患儿往往有过敏体质,常因进食鱼、虾、蟹、鸡蛋、牛奶或吸入灰尘、花粉,接触羊毛、油漆等过敏引起。家族中常有哮喘、过敏性鼻炎、过敏性皮炎患者。此外,某些外在因素如婴儿口水、溢乳、未洗干净的尿布、紫外线强光刺激、过热、过多使用碱性肥皂、接触丝织品或人造化纤品等均可引起湿疹或加重其病情。

1)临床特征

皮疹多见于头部(额部、头皮)、双面部、下颌、耳后、颈部并可波及躯干、臀部、腹股沟及四肢。皮疹形态各异,轻重不一,可分为:

(1)干燥型:好发于营养中等小儿,皮疹为淡红色斑疹,其上有细小的丘疹,白色糠秕状脱屑。

(2)脂溢型:好发于肥胖小儿,皮疹为渗出性,有黄色油腻状痂,常伴有腹泻。

(3)渗出型:好发于肥胖小儿,皮疹以渗出为主,有水泡、糜烂和渗出,干燥后有黄色鳞屑及痂皮,痂皮除去可露出红色的表皮,很痒,故患儿烦躁,夜间哭闹不安,到处抓痒,易引起感染。

2)处理

(1)避免接触过敏原,减少不良刺激。

(2)牛奶喂养的婴儿,牛奶宜多煮一些时间,使其蛋白变性,减低致敏性。4个月后及时添加辅食,减少牛奶量。

(3)牛奶过敏的婴儿可改用豆奶粉如惠氏爱儿素、雅培爱心美。

(4)局部禁用肥皂、热水擦洗。

(5)避免毛织品或化纤衣服直接接触婴儿皮肤,衣物要干净,柔软。

(6)常剪指甲,以免抓破皮肤。

(7)药物治疗。

·**全身性药物治疗** 可选用扑尔敏、非那根、赛庚定等止痒抗过敏药物。

·**局部用药** 可选用锌氧油膏、硼锌膏,肾上腺皮质激素等制剂,如复方康纳乐霜具有止痒、抗过敏、消炎、杀菌及抗真菌作用。也可选用氟轻松软膏涂擦患处。渗出较多者选用1%~4%硼酸湿敷。需要提醒家长的是,皮质激素类药物疗效虽好,但不宜长期使用,否则可引起皮肤萎缩和毛细血管扩张。

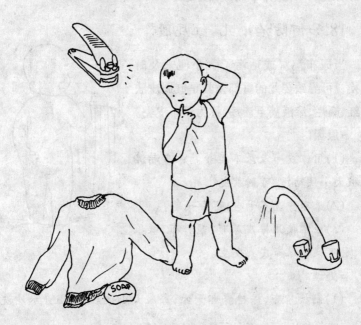

17.怎样防治婴儿痱子

痱子是因汗液排泄不畅,滞留于皮内引起的汗腺周围皮炎,肥胖儿多见。多发生在炎热、潮湿的季节,患儿面部、颈部、躯干等处可见红色小点疹或丘疱疹,散发或融合成片,患儿常感痒、灼热和刺痛。新生儿可表现为白痱子。部分痱子顶有浅表性针尖样大小脓点,则称为脓痱子,破溃后可继发感染。

·预防

(1)保持室内通风,勤洗温水澡,保持皮肤干燥、清洁。

(2)多撒些爽身粉,以吸去汗水。

(3)宜穿宽敞单薄的衣服。

(4)小婴儿要注意喂养,勤翻身;儿童避免在烈日下玩耍。

·处理 外涂痱子粉或痱子水。

18.如何防治小儿"红屁股"

当尿布潮湿或玷污了大小便未及时更换,可导致婴儿的臀部尤其是肛周皮肤潮红、糜烂、渗液甚至溃疡,称为尿布皮炎。

·原因

(1)用橡皮布及尿不湿等。尿布潮湿且被大小便玷污,可刺激皮肤。

(2)尿布冲洗不干净,留存残皂。

(3)经常使用橡皮尿布、塑料布、纸尿布,也可促使尿布皮炎发生。

·处理

(1)勤换尿布,保持臀部干燥,每次大小便后,用温开水冲洗干净,吸干。

(2)最好选用细软棉布做的尿布,应经过清水浸泡,开水煮沸,冷水漂净,太阳晒干。忌用橡胶及塑料制品垫于臀部。

(3)局部可涂抹氧化锌油或紫草油。有继发感染时,可将土霉素、制霉菌素加入氧化锌油中外涂,疗效较好。

19.小儿发热如何护理

发热是儿科常见的一种临床症状,引起的原因多是小儿身体抵抗力下降,感染病毒、细菌、寄生虫等,产生感染性疾病。孩子发热家长该怎么办?

(1)测体温:测量体温有三个方法——口腔、腋下、肛门测体温法。

(2)多喝水或果汁:多喝水可促进汗液和尿液排泄,可降低体温。室温保持在29℃左右。

(3)退热:发热是人体抵抗疾病的反应。如果体温在38.5℃以下,除了有惊厥史的患儿外,一般不要急于退热处理。应先针对病因治疗。若体温在38.5℃以上,则应及时降温。退热分为物理降温和药物降温。

物理降温见上述"怎样为高热孩子做物理降温"。

药物降温须在医师指导下进行,一般首选对乙酰氨基酚(扑

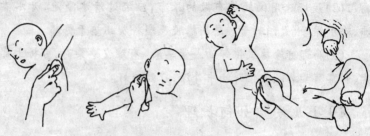

热息痛)。适合于婴幼儿的剂型有:泰诺林滴剂、百服宁退热剂、美林退热剂。安乃近、氨基比林副作用大,不宜使用。

(4)**一般护理**:给小儿进食易消化的食物,保持室内通风,使空气新鲜。多休息。

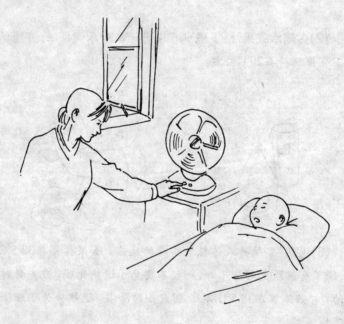

(5)必要时送医院。

20.怎样处理小儿惊厥

惊厥俗称"抽风"、"惊风",是小儿时期常见的急症,主要由于小儿大脑皮质功能发育不够完善,受到外界刺激后,兴奋易扩散所致。通常将惊厥分为以下两类:感染性惊厥(热性惊厥)、非感染性惊厥(无热惊厥)。常见病因有高热惊厥、低钙血症、癫痫、中枢神经系统感染、中毒等。

临床表现为全身性或局部躯体的强直性和痉挛性抽搐发作。

(1)强直性发作:突然意识丧失,口唇、面色发绀,双眼上翻或凝视,口吐白沫,牙关紧闭,头、颈、躯干向后仰呈伸直位,四肢强直(角弓反张)。

（2）**阵挛性发作**：肢体或躯干有节律的抽动。抽搐可由一侧肢体转向另一侧肢体。局限性阵挛，抽搐仅局限于某部位，如眼、口角、两颊、指趾或一侧肢体。发作时轻时重，频率快。

（3）**其他**：可见双眼凝视、斜视、眼球震颤、眨眼、睁眼。也可出现一时性意识丧失，持续2~10秒钟，发作后意识恢复，对发作不能记忆。

·急救处理

（1）立即将小儿平卧，头偏向一侧并略向后仰，颈部稍抬高，迅速清除其口鼻、咽喉分泌物与呕吐物，以保证呼吸道通畅。

（2）用纱布或布条包绕的压舌板或筷子放于患儿上下牙齿之间，以防止其咬伤舌头和嘴唇。

（3）用手指掐压人中穴位及合谷穴位，高热配穴曲池，昏迷配穴百会、涌泉。

（4）高热者应物理降温，可用冷毛巾或冰袋（外包毛巾）置于患儿头、颈、腋下、腹股沟处。

（5）应有专人看守，防止患儿抽搐时从床上坠落，发生意外。此外抽搐时应减少或避免不必要的刺激，不能将患儿紧抱。

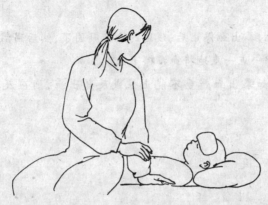

（6）抽搐时尽量不要搬动，待抽搐暂停，迅速送医院治疗。在家处理不能使之暂时停止，应立即呼叫120急救电话，在医生帮助下，一边抢救，一边送往医院。

21.小儿鼻出血怎么办

鼻出血，俗称为鼻衄，是小儿较常见的疾病。小量反复出血，常见于鼻外伤、高热、鼻内炎症、鼻粘膜干燥、鼻中隔偏曲等。而大量难以止住的鼻出血多见于血液病，如血友病、血小板减少性紫癜、白血病、再生障碍性贫血等。也可见于维生素C缺乏、维生素K缺乏以及急性传染病。遇到这种情况，家长不必惊慌，可采取以下措施。

（1）首先必须让孩子取坐位，保持安静，任何哭闹和烦躁不安都会加重鼻出血。

（2）用冷水浸湿的毛巾敷患儿额部及鼻根部，用手指按住其出血侧鼻孔，压迫约10分钟，大多数出血可止住。

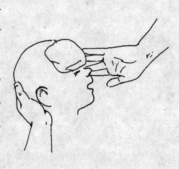

（3）也可让孩子坐着，用脱脂棉

堵上鼻孔,鼻出血停止后,残留的血液凝固了,然后用温水浸泡过的脱脂棉一点一点地将血痂擦下来。

　　(4)如果出血严重不能止住或反复出血,则应及时上医院治疗。

九、意外事故的预防与急救

1.如何防止意外事故的发生

由于小儿动作不协调、反应慢，同时好奇心强，但却缺乏自理和预计危险的能力，因此需要成人的悉心照顾。为了减少意外事故的发生，家长平时应注意以下几点。

(1)安全管理：

·为防攀越，住所楼上的窗户、阳台和楼梯、睡床均应有护栏，要用竖向栏杆，以直栏高度大于1.1米，栅间距小于11厘米为宜。

·出入的门应向外开，不宜装弹簧，并须在门缝加橡皮垫，以免把手脚指(趾)夹伤。

·室内可采用圆形的桌椅,要有较牢固的基部,不易翻倒,以避免小儿碰伤和跌伤。

·经常检查桌椅、门、窗,发现损坏应及时维修。

·不要把孩子锁在屋内去上班或干其他事情。

·禁止小孩玩易燃、易爆的物品。

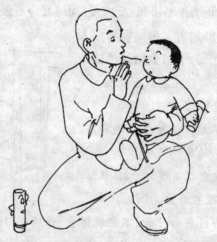

·成人在做饭时,不要让孩子在厨房里玩耍;热饭、菜、汤上桌时不要让孩子接近或让其爬上桌子。

·不要把热水壶或热水桶放在孩子玩耍附近的地板上;更不能把孩子单独放在浴盆内,自己离开去干别的事,以免发生窒息。

(2)选择玩具要注意符合安全要求:不要给孩子玩含铅玩具、玻璃玩具、仿真枪玩具

以及体积小和各种有锐利尖角的玩具,如棋子、硬币、别针、小刀、纽扣、珠子等,以防误吞。

(3)**妥善保管好药品**:日常用药应贴清标签,所有的药片均应存放在上锁的药箱或抽屉等孩子无法拿到的地方,以免误服药品,而发生不测。

(4)**妥善存放毒药及危险用品**:电源插座、热水壶、热水瓶、剪刀、菜刀、针、灭蟑螂药、灭蚊药、灭鼠药、发胶及农药等均应放在孩子不能触及的地方,以免发生意外。禁止用农药给小儿灭头虱,以免经皮肤吸收而中毒。

2.婴幼儿呼吸心跳骤停时怎样急救

在日常生活中,某些突如其来的意外事故如触电、溺水、一氧化碳中毒、误吸入异物等常会造成婴幼儿呼吸、心跳骤停。此时若能及时正确地进行人工呼吸和胸外心脏按压等抢救,可以避免死亡,减少后遗症的发生。

1)人工呼吸

(1)**通畅气道**:尽快清除口鼻内的泥沙、污物、呕吐物,以保持气道通畅。

(2)口对口或口对鼻人工呼吸方法:

婴儿　将患儿置仰卧位,术者一手轻托患儿下颌,另一手置婴儿的头部,使之头稍抬起后仰,吸一口气后,口腔完全覆盖患儿口鼻,以免气体外流,然后吹气。但压力不可过高,以免造成肺泡破裂等。呼吸频率婴儿30~40次/分。

幼儿　将患儿的头向后仰,术者一手捏住患儿鼻孔,另一手托其下颌,吸一口气后,用嘴直接对准患儿口腔吹气,每次吹气时要求见到患儿胸部抬起,然后离开患儿口腔,使之呼气,吹气与排气的时间比例为1:2。幼儿呼吸频率为25~30次/分。

(3)人工呼吸与胸外心脏按压同时进行,并及时送医院抢救。

2)胸外心脏按压

(1)**双手环抱法**:新生儿与婴儿多采用此法。将患儿平卧于硬板上,抢救者用双手拇指放于患儿胸前第四肋间水平,其余手指托其背部进行有节奏地按压胸骨下段,使其胸部下陷1.5~2厘米,按压与放松时间大致相等,频率为100~120次/分。

(2)**单掌或双指按压法**:此法适用于幼儿。患儿平卧于硬板上,抢救者用单手掌根或中、示指置于患儿胸骨下1/3进行按压,使其胸骨下陷2厘米,频率为100次/分。

(3)**人工呼吸与胸外心脏按压同时进行**:抢救时最好有2人在场,互相配合,每按压心脏5次,进行人工呼吸1次。如果仅1人,则连续按压15次后,口对口人工呼吸2次。

(4)**急送医院**:迅速送医院抢救,途中应注意保暖。

3.如何处理小儿创伤

婴幼儿活泼好动,常发生小外伤,须立即处理。

1)清洁伤口

(1)让孩子取适当的位置,先用双氧水清洗患儿伤口,消毒其伤口周围的皮肤,应由伤口边缘开始,逐渐向周围扩大消毒区,即由内往外消毒。然后再涂抹红汞或碘酊。

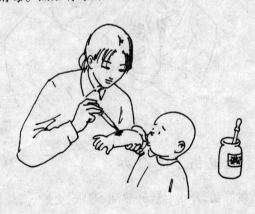

（2）如果伤口周围皮肤太脏或夹杂有沙土等，应先用自来水冲洗掉污物，然后再按上述方法消毒处理。

（3）对于较轻的伤口，经过上述处理后，则暴露于空气中比较好。如伤口脏、表面凹凸不平，经过消毒处理后，可以用消毒纱布包扎起来。

2）压迫止血

伤口出血时要立即止血，可用消毒纱布或干净的布暂时用力按住伤口止血。指尖出血时，用力捏住指根部位两侧，并把手臂举过头顶即可止血。然后再用上述同样方法消毒处理，贴上创可贴。

3）较大而深的伤口处理

大而深的伤口有引起破伤风的危险，必须把伤处抬高，限制活动，经简单消毒处理后立即送医院治疗。

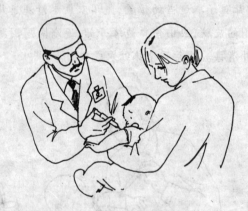

4.孩子烧烫伤了怎么办

小孩活泼好动，开水、热汤、热油、蒸汽、火焰、强酸、强碱等均可引起烧烫伤。

烧烫伤的严重程度取决于烧烫伤的面积与深度。可分以下Ⅲ度。

(1)**Ⅰ度烧烫伤**:表皮受损,表现为局部皮肤嫩红、肿痛、无水疱,表面干燥,2~4天自愈。

(2)**Ⅱ度烧烫伤**:真皮受损,有水疱。又可分为深浅两种。浅Ⅱ度:局部皮肤红肿、疼痛剧烈,水疱大,2星期左右可以愈合。深Ⅱ度:损伤达真皮

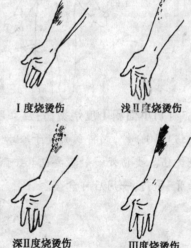

Ⅰ度烧烫伤　　　　浅Ⅱ度烧烫伤

深Ⅱ度烧烫伤　　　Ⅲ度烧烫伤

深层,局部感觉神经受损,因此疼痛反而不明显,皮肤淡红或苍白,创面有小出血点,一般需3~4星期才能愈合,常留下瘢痕。

(3)**Ⅲ度烧烫伤**:皮肤全层受损并达到肌肉、骨骼。皮肤呈灰白或焦黑色,无水疱,无疼痛。焦痂脱落后出现肉芽创面,愈合很慢,常需植皮。

·**烧烫伤面积的估算(占全身皮肤之百分比)** 颈部以上的头面部占20%,双上肢及手占20%。当婴幼儿烧烫伤面积近10%时,就会有生命危险。

·**急救的方法** 消除造成烫伤的原因,并迅速降低烧烫局部温度。热力烧烫伤后应及时冷疗,可防止热力继续作用于创面使其加深,并可减轻疼痛,减少渗出和水肿。

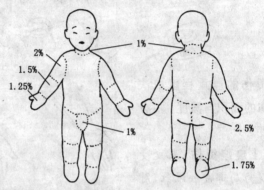

(1)**小面积Ⅰ度烧烫伤**:应立即抱小孩到自来水处用冷水冲洗伤口10分钟,或将创面浸于冷水中1小时,此法特别适合于四肢烧烫伤。烫伤处一般不要包扎,可涂以市售的"万花油"、"京万红油膏"等药,一周后可愈合。

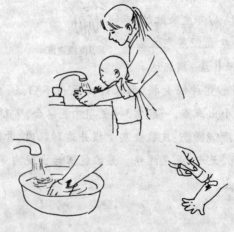

(2)Ⅱ度烧烫伤：在家里只要处理得当，就会较快痊愈。

·清洁创面：用生理盐水(1000毫升开水加9克食盐冷却后即成)。冲洗创面，再用1:1000的新洁尔灭溶液轻轻擦拭。

·头部、面部、颈部、臀部、会阴部的烫伤，经过局部降温(头面部用湿冷毛巾冷却)、清洁创面后，采用暴露疗法，不必外敷油纱布包扎。如果创面有分泌物，要经常清除，以保持创面干燥，并避免创面被弄脏、受压、沾水。

·四肢和躯干的创面经冷却及清创后，要进行包扎，可用块消毒的油纱布敷于创面局部，上面再覆盖纱布或用棉垫包扎。10~14天后打开，观察创面情况，如小儿有发热、局部疼痛加剧、流脓，说明创面已感染发炎，应立即送医院治疗。

如水疱小，可于烫伤处覆盖一块清洁纱布，让其自行吸收。如水泡大且完整时，可用药用酒精棉球消毒局部后，再用消毒过的针头，选择水疱低位进行穿刺，这既有利于渗出液的引流，又可减少感染的机会。如果水疱已破，但局部干净(疱皮仍存在时)，不要撕去疱皮，而应将疱皮覆盖在表面，再用消毒纱布包扎，可起到保护皮下组织和预防感染的作用。

(3)大面积烫伤：如系大面积严重烫伤，衣服和皮肤粘在一起时，应先往衣服上浇冷水，然后再慢慢往下脱。如果这样也感到困难时，切勿撕拉，而应将未粘着的部分剪去，粘着的部分让其留在皮肤上,烫伤的部位应避免接触空气,可用清洁的床单或布包好及时送医院处理。

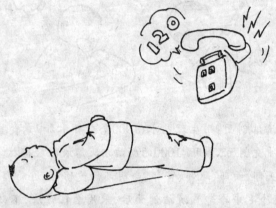

(4)火焰烧伤:应立即将小儿脱离火焰,尽快脱去着火的衣服,特别是化纤衣服,以免着火衣服的热力继续作用,使创面加大、加深。用冷水直接往小儿身上泼水灭火,或用毯子、棉被等物覆盖,隔绝空气灭火。禁止孩子衣服着火时站立或奔跑喊叫,以防增加头面部烧伤以及火焰被吸入气管引起呼吸道烧伤。迅速让其离开密闭和通风不良的现场,以免发生吸入损伤和窒息。被强酸、强碱烧伤后,立即就近用大量清水冲洗后,再送医院救治。值得注意的是,在家中处理烧烫伤创面时,不可用有颜色的药水如龙胆紫或红药水等涂擦局部,以免影响观察烫伤深度。

·**预防**

·教育孩子尽可能远离有潜在烧烫伤危险的物体,如热水瓶、热汤、热粥锅、炉灶、高压锅。

·不要让孩子玩易燃、易爆物。

·不宜将热水袋或装有热水的瓶子直接贴于婴儿皮肤保暖。

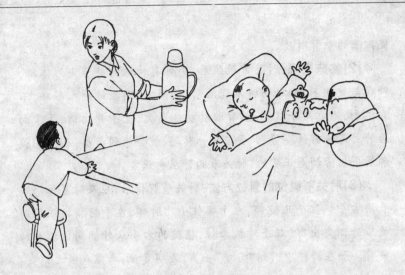

5.小儿肘关节脱位时如何处理

肘节关脱位,也叫"牵拉肘",多见于4岁以下小孩。

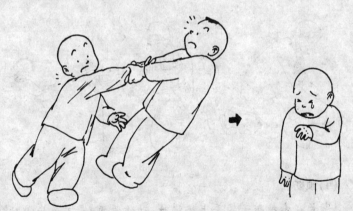

(1)原因:该关节活动范围较大,但周围韧带稳定作用不强,突然牵拉后易引起关节脱位。如当孩子贪玩或哭闹不肯前行,大人用力牵着孩子的手臂上楼梯或拖着小儿的一只手臂把他从地面上提起,或帮孩子穿脱衣服,或被小朋友、母亲、保育员突然上

提孩子的手臂所致。

(2)**临床表现**:肘关节脱位后,局部有特殊的关节变形体征,外观与健侧不对称,伤肢不能活动,哭闹不安,拒绝别人触碰,不肯举手,不肯用手取物,前臂旋转功能丧失,呈手背向前,手掌向后的固定旋前位姿势,只要前臂一转动,就会感到疼痛。但患儿腕部及手指活动是正常的,肘关节的伸屈也正常。

(3)**肘关节脱位的复位方法**:肘关节脱位后,应及时复位。家长用右手握住小儿腕部,左手握住小儿肘部,左手拇指按压住肘关节外侧突出部,双手对抗牵拉,握腕的右手从外侧向内侧旋转前臂。如在旋转中听到"咯噔"一声,表明复位,疼痛也随之消失,此时小儿哭闹停止,患肘即可活动自如。然后用颈腕带固定肘部于直角位3天。应注意避免再牵拉患肢,以防再次发生肘关节脱位。

A   B   C

(4)**预防**:

·家长在牵拉孩子的手上楼梯时,动作要柔和,不要拉小孩的手腕,而应改握其肘关节,以避免肘关节脱位。穿脱衣服时动作要轻柔,尤其是穿套头衣服更应注意。

·大人应尽量避免用力牵拉小儿的手臂,及时制止孩子自己故意打闹或自己用力挣脱等动作。

6.异物进入眼睛如何处理

在日常生活中常常发生灰尘、昆虫、染发剂等异物进入小儿眼睛的意外事故,引起畏光、流泪等不适。如处理不当,可引起继发感染、影响视力等。因此必须采用下列方法急救。

(1)家长轻轻地将孩子的上眼睑拉起或翻开,发现异物后用消毒棉签、纱布或干净的手帕等蘸上足够的水将异物拭去。

注意:切勿用手揉擦,以免损伤角膜。

用浸过水的消毒纱布擦

(2)异物刚进入眼睛时,患侧眼睛会流出较多的泪水,可将异物冲出,如无效,应立即送医院处理。

(3) 如发现孩子流泪不止或眼睛疼痛不止,可能异物已损伤角膜,应立即送医院就诊。在途中还应减少眼球活动,并用干净纱布或毛巾等遮盖眼睛。

用眼泪冲洗

(4)如为染发剂等进入眼睛,可用大量清水冲洗眼睛,并立即送医院就诊。

7.异物进入耳内如何处理

小孩喜欢将黄豆、花生、小石子、珠子、纽扣等物塞进外耳道，如未及时取出，可引起听力障碍、耳痛等。现介绍几种简易取出异物的方法。

(1)灯光诱出昆虫。昆虫有趋光性，可将患耳对着灯光或用手电筒照射患耳，或在黑暗处把灯放在耳外，昆虫即会向亮处爬出或飞出。

(2)对付活着的昆虫，可用食油或橄榄油1~2滴，滴于耳内以隔绝空气，使昆虫窒息，然后再用镊子取出，或用棉签弄湿往外擦出来。

(3)植物种子如绿豆、黄豆进入耳朵时，可教孩子头偏向患侧单腿跳，让异物滚出来。应及时将植物种子取出，否则如耳内进水，会使种子膨胀，使之更难以取出。

(4)污水进入耳内时，可以用消毒棉签将水吸出，也可以取侧卧位使水流出来。

8.异物进入鼻内如何处理

小孩玩耍时，常常会把一些小东西往鼻孔里塞，可能引起严重后果，须立即采取以下措施。

(1)如果异物小，大人可以用手指压住孩子无异物的鼻腔，让他做擤鼻动作(捂住嘴用力使鼻孔出气)，将异物擤出。

(2)可试用棉签或纸捻来刺激小儿鼻腔，让他打喷嚏，以便将鼻腔内异物喷出，如无效时，需请医生取出。

(3) 大人不要用手或筷子去取异物，因为这样较容易把异物推向鼻腔深部，更不能在孩子哭闹时候去抠，这样容易把异物吸到气管造成突然窒息。

(4)发现异物，家长要镇定并取得孩子的合作。如果是花生、豆子之类的植物种子，已经膨胀起来，取出有困难时，应该到医院就诊。

(5)如果发现孩子鼻部肿痛，流出臭的脓血涕时，一定要考虑到鼻腔里有异物存在，应及时上医院诊治。

·**预防** 大人应特别注意不要让孩子玩一些小的物件如豆子、瓜子、纽扣、小球以及可拆散成小零件的玩具，以免发生鼻腔异物。

9.怎样预防小儿触电,触电后如何急救

触电多因小儿无意识地玩弄电源插座、电器等而发生。电流导致人体的损伤为局部灼伤和全身反应，轻者可出现暂时的惊

吓,重者面色苍白,心悸,很快进入昏迷,若不立即脱离电源,则可发生严重的电休克,持续抽搐,呼吸心跳停止,最后死亡。

1)急救处理

(1)脱离电源:应以最快的速度、最有效的方法使孩子脱离电源。如关闭电闸,但如找不到电源或离电源太远,则可利用身边的绝缘物品,如干燥的木棍、竹竿、扁担等物挑开电线或分开电器。必要时将小孩拉开,此时急救者应站在干纸堆或木板上,手用干布或橡皮包好,拖往孩子的衣角;同时注意仅用一手去拖,另一手放于背后,以防自身触电。

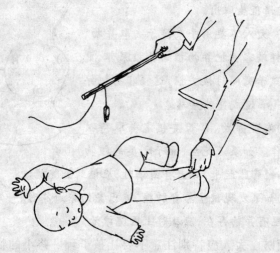

(2)人工呼吸及心脏按压:脱离电源后,对呼吸心跳停止者应立即做人工呼吸及胸外心脏按压。先做2次口对口人工呼吸,再行15次胸外心脏按压,如此反复交替进行,要坚持到急救医生到来。坚持下去就可获得再生的希

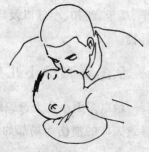

望。具体做法见呼吸心跳骤停急救章节。

(3)同时呼叫120：请医务人员来现场进行紧急救护。触电患儿应及时送医院诊治。

2)预防

(1)教育孩子不要玩电器、灯头、电源插座、开关、电线等。

(2)室内电器与电源插座应安置在小孩摸不到的位置，经常检查电线、电器是否漏电，发现隐患要及时检修。

(3)雷雨天气勿在大树下、电线杆旁、墙边等处避雨，以免遭雷击。

10.怎样预防小儿溺水,如何抢救

溺水是小儿常见的意外事故之一。溺水后由于大量水经口鼻
灌入肺,阻塞呼吸道而引起窒息,也可因惊慌、恐惧、突然寒冷刺
激,反射性地引起喉痉挛,以致呼吸心跳停止。应在呼救的同时,
争分夺秒就地进行如下急救。

1)保持气道通畅,倒出误吸的液体

(1)清除阻塞,畅通呼吸道:溺水小
儿一经救上岸后, 首先要撬开溺水小孩
的口腔,清除阻塞在小儿口腔内的泥沙、
污物,拉出舌头,使呼吸道通畅,而后立
即倒水。

(2)倒水的方法:①可将溺水孩子的腰
部托起, 腹部放在抢救者的肩上, 头足下
垂,抢救者快步奔跑借以倒水和助其呼吸;
②也可用双手拖住小儿的腹部, 将其腰背
向上,头足下垂,同时双手不时抖动,使呼
吸道的水尽快流出, 还可起到人工呼吸的
功用;③如果是小婴儿,可把他倒着提起来,拍拍后背,水就吐出
来了。

2)心脏复苏

如果发现溺水患儿呼吸心跳已停止,应立即进行人工呼吸和
胸外心脏按压,并坚持到医务人员到达后,由医务人员继续进行
急救。千万不可因倒水而延误时机。尤其是最初几分钟,有效的人
工呼吸与心脏按压,对抢救生命非常重要。(见呼吸心跳骤停)

3) 迅速送往医院抢救,途中注意保暖

及时脱掉小儿身上的湿衣,擦干其全身后用毛巾或被子包起来保暖。

·预防

(1)农村河塘较多,小孩喜欢到河边玩耍,家长要教育他们,不要单独到河边玩。因为水中的小草、小鱼会引起孩子的兴趣,但他们不知道水是无情的,失足落水是危险的。

(2)农村家长要叮嘱孩子,不要跑到井边去玩,那里地面光滑,容易滑落到井里,发生危险。

(3)在无大人带领的情况下,不能让孩子单独去游泳,几个孩子同去也不安全。因河水、湖水下情况复杂,淤泥杂草丛生,孩子可能会遇到各种危险。

（4）不要让婴幼儿独自坐在浴缸或洗衣机旁。禁止孩子在蓄满水的水池周围及盛满水的澡盆旁玩耍。

11.煤气中毒应如何急救

煤气中毒也称为一氧化碳中毒，常由于煤气管道泄漏或关闭不严、煤炉在紧闭的室内燃烧、煤（燃）气灶具及热水器使用不当等造成。由于一氧化碳与血红蛋白的亲和力比氧与血红蛋白的亲和力强200~300倍，故一旦出现中毒，血红蛋白即丧失了带氧能力，导致组织缺氧，尤以脑缺氧最为严重，往往易留下程度不同的后遗症。

·**临床表现**　开始时有头晕、头痛、眼花、耳鸣、全身不适、四肢无力，症状逐渐加重则皮肤粘膜呈樱桃色，伴有恶心、呕吐，继之昏睡、昏迷、呼吸急促、血压下降，严重者可致死亡。

一旦发现煤气中毒，应采取以下措施：

（1）迅速将患儿转移到空气流通的场所，切断一氧化碳的继续吸入，并注意保暖。

（2）立即清除患儿口鼻内分泌物及呕吐物，以保持气道通畅。

（3）如有呼吸心跳停止，应立即进行人工呼吸及胸外心脏按压。同时呼叫120！

(4)立即送往有高压氧舱设备的医院治疗。

12.小儿误服药物或腐蚀性物品后如何处理

2~3岁孩子活泼好动,可以自己拿东西吃,但因年幼无知,不能辨别有毒或有害物品而导致误服中毒。此外因大人和保育人员的疏忽,也可造成小儿中毒。最常见的是误服药物或腐蚀性物品。遇到这种情况,在家中应立即采取以下急救措施。

1)催吐

只要误服毒物的时间在4~6小时以内,都应立即催吐,以减轻中毒程度,同时取少许呕吐物送防疫站做毒物鉴定。但强酸、强碱、煤油、汽油,以及昏迷或抽搐的患儿禁用催吐。

(1)催吐方法:可用手指、牙刷柄、筷子外包纱布等刺激小儿的咽部和咽后壁,以引发呕吐。有时食物粘稠不易吐出、吐净,可让小儿喝适量温开水,然后再催吐。反复数次,直至呕吐物不含毒物残渣为止。

(2)催吐姿势:如只有一人在场,可让孩子趴在成人屈曲的大腿上,头侧向一边,成人一手按住孩子的双颊部,另一手刺激咽部,这样可防止呕吐物吸入气管和肺内。

2)及早服用解毒剂

(1)误服碘酒:可服用米汤、淀粉糊。它们对中和碘酒有特效。

(2)**误服强酸**：如硫酸、硝酸、盐酸等，应立即给孩子喝鸡蛋清、牛奶、豆浆、面糊等，然后给服食用植物油以保护消化道粘膜。一般禁忌催吐和洗胃，以免加重消化道粘膜的损伤，引起穿孔。忌用碳酸氢钠(因可产生大量气体导致胃穿孔)。

(3)**误服强氢氧化钠、去污剂、烫发剂等**：必须服用较大量的桔汁、柠檬汁等，继给牛奶、食用植物油、蛋清等。忌用酸类，以免导致胃肠内充气穿孔。

(4)**误服止痒药水、驱蚊药水、癣药水等**：应立即嘱咐孩子尽量多喝浓茶水，因茶叶含有鞣酸，具有沉淀及解毒作用。

3)**送医院急救**

带上可能引起小儿中毒的药品、装有毒物的瓶子及标签和呕吐物等，一并提供给医生，有助于针对病因进行抢救。

13.被狗咬伤后怎么办

被狗咬伤后主要应预防狂犬病。因为被携带狂犬病毒的狗咬伤后，其唾液中的病毒可经伤口传染给伤者。狂犬病的潜伏期一般为4~8星期，也可达3年以上，其死亡率达99.9%。

·家庭处理方法

（1）**吸出伤口的血液**：在伤口上、下方（距伤口5厘米处）用布带或止血带紧紧勒住，并用吸奶器或火罐将伤口内的血液吸出。

（2）**清洗伤口**：用肥皂清水洗净救护者或伤者自己的手，然后用浓肥皂水和干净的刷子刷洗伤口，洗刷要用力、彻底，至少30分钟。

（3）**暴露伤口**：冲洗后用烧酒或70%酒精涂擦局部，但不可包扎伤口。

（4）**进行自动、被动免疫**：经上述处理后，应立即将病人送医院，请医生注射抗狂犬病免疫血清或狂犬病疫苗。